내가 가장 행복했던 순간

내가 가장 행복했던 순간

초판 1쇄 인쇄 2016년 7월 11일
초판 1쇄 발행 2016년 7월 18일

지은이 이상 · 채만식 · 이효석 외
발행인 임채성
디자인 산타클로스

펴낸곳 도서출판 판테온하우스
주 소 서울시 양천구 목동 923-14 드림타워 제10층 1010호
전 화 070-4121-6304　　　**팩 스** 02)332-6306
메 일 pacemaker386@gmail.com
카 페 http://cafe.naver.com/lewuinhewit

출판등록 2010년 4월 22일(신고번호 제313-2010-119호)

종이책 ISBN 978-89-94943-32-9　　03810
전자책 ISBN 978-89-94943-33-6　　05810

이 도서의 국립중앙도서관 출판시도서목록(CIP)은 서지정보유통지원시스템 홈페이지
(http://seoji.nl.go.kr)와 국가자료공동목록시스템(http://www.nl.go.kr/kolisnet)에서 이용
하실 수 있습니다. (CIP제어번호: CIP2016014371)

내가 가장 행복했던 순간

빛바랜…그러나 결코 잊을 수 없는
수채화처럼 맑고 투명한 스물아홉 편의 여름 이야기

글 이상 · 채만식 · 이효석 외

판테온하우스

책장을 넘길 때마다 되살아나는
잊을 수 없는 여름의 추억

봄꽃이 물러난 자리를 연한 초록빛 나무 잎사귀들이 차지하는가 싶더니, 어느덧 여름이 다가왔다.

여름! 젊음과 낭만, 추억, 그리고 바다의 계절이다. 그래서 어떤 이에게 있어 여름은 평생 잊지 못할 아름다운 추억이 머무는 시간이자 다시 돌아가고 싶은 공간이기도 하다.

여름은 문학의 계절이기도 하다. 가을을 가리켜 독서의 계절이라고 하지만, 기실 이는 책을 읽는 이의 입장에서 책을 읽기에 좋은 때일 뿐이다. 이에 여름이야말로 글을 쓰는 작가에게 있어 새로운 창조를 위한 다양한 경험과 자연의 변화를 만끽할 수 있는 더없이 좋은 계절이다.

이상, 채만식, 이효석, 방정환, 현진건…… 각자 책 몇 권쯤은 너끈히 엮어낼 수 있는 우리 문학사를 대표하는 걸출한 작가들이다. 그들 역시 수많은 작품 속에 여름에 관한 이야기를 담아냈다.

새벽 비가 내린 뒤 맑게 갠 여름 아침을 수채화처럼 투명하게 그리기도 했으며, 마냥 설레게 했던 사랑의 추억을 수줍게 고백하기도 했다. 더러는 칠흑 같은 여름 밤하늘에 뜬 아름다운 별에 관한 판타지와 함께 고향 이야기를 들려주기도 했다. 미처 휴가를 떠나지 못한 이들을 위로하는 이야기도 있다. 그뿐만 아니라 날카로운 촉수와 뛰어난 감각을 통해 다양한 여름을 노래하기도 했다. 그래서일까. 아직 휘발되지 않은 그리움을 절절히 담은 이야기를 읽노라면 나도 모르게 그들이 머물렀던 그 공간으로 훌쩍 떠나고 싶어진다.

　　어쩌면 그들에게 있어 여름은 문학의 공간일 뿐만 아니라 가장 행복한 순간이 아니었을까 싶다. 평생 잊을 수 없는 아름다운 추억과 낭만을 심어주었기 때문이다.

　　물에 젖은 은빛 햇볕에 향긋한 풀냄새가 떠오르는 첫여름의 아침! 그 신록의 냄새를 맡고, 그 햇볕의 아름다운 음악을 들을 때마다 새로운 기운과 기쁨이 머릿속, 가슴 속, 핏속까지 가득 생기는 것을 느낀다.

-방정환, '첫여름' 중에서

　　그렇다면 우리는 여름에 관한 어떤 추억을 갖고 있을까.

　　책장을 넘길 때마다 되살아나는 작가들의 여름에 관한 추억이 어쩌면 잊어버렸을 지도 모를 소중한 추억과 함께 가슴에 진한 잔향을 선사할 것이다.

차 례

물에 젖은 은빛 햇볕에 향긋한 풀냄새가 떠오르는 첫여름의 아침!
그 신록의 냄새를 맡고, 그 햇볕의 아름다운 음악을 들을 때마다
새로운 기운과 기쁨이 머릿속, 가슴 속, 핏속까지 가득 생기는 것을 느낀다.

– 방정환 〈첫여름〉 중에서

• 일러두기

_독자의 이해를 돕기 위해 본문의 띄어쓰기와 맞춤법은 가능한 한 현대어 표기법을 따랐으며,
내용 이해가 어려운 경우에 한해 원문과 현대어를 함께 표기했습니다.

물 차는 제비야

나하고 놀자

먹감다 싫거들랑

노래나 하자.

목청좋은 꾀꼬리야

나하고 놀자

노래하다 싫거들랑

춤이나 추자.

_ 방정환, 〈첫여름〉 중에서

첫여름

_방정환

아아, 상쾌하다!

이렇게 상쾌한 아침이 다른 계절에도 있을까?

물에 젖은 은빛 햇볕에 향긋한 풀냄새가 떠오르는 첫여름의 아침!

어쩌면 이렇게도 상쾌할까.

보라! 밤사이에 한층 더 자란 새파란 잎이 해맑은 아침 기운을 토하고 있지 않느냐? 바람에 코를 간질이는 것이 새파랗고 향긋한 풀냄새가 아니냐? 그리고 그 파란 잎과 그 파란 풀에 거룩하게 비치는 물기 있는 햇볕에서 아름다운 새벽 음악이 들려오지 않느냐?

아아, 행복한 아침!

그 신록의 냄새를 맡고, 그 햇볕의 아름다운 음악을 들을 때마다 새로운 기운과 기쁨이 머릿속, 가슴속, 핏속까지 가득 생기는 것을 느낀다.

-1927년 〈어린이〉 5 · 6월호 5권 5호

뭉게구름의 비밀

_방정환

더운 날 오후의 구름 보는 재미.

아침에 없던 구름이 오후만 되면 어디서 오는지 모여든다. 회색빛 음산한 구름도 아니고, 그렇다고 싸늘한 비늘구름이 조각조각 흩어져 있는 것도 아니다. 하얀 솜을 펴놓은 것보다도 더 하얗고, 더 부드럽고……. 둥글고, 깊고, 그윽한 뭉게구름이 하얀 노인처럼 하늘 높이 떠 있다.

"여름 구름은 봉우리가 많다."던 옛말 그대로, 하얗고 부드러운 구름은 산봉우리보다도 더 첩첩하다. 그러나 그냥 첩첩하기만 한 것은 아니다. 알 수 없는 비밀을 가지고 한없는 변화를 부리는 것이 여름 뭉게구름이다.

불볕이 내리쬐는 넓은 마당, 그 한끝에 서 있는 높은 버드나무 머리 위로 멀리 보이는 한 뭉치의 뭉게구름. 첩첩이 일어난 그 봉우리 속으로 휘몰아 들어가 보면, 거기에는 반드시 옛날이야기를 듣던 신선들의 잔치가 벌어져 있을 듯싶다. 이에 부채 든 손을 쉬고, 무심히 앉아서 가만히 쳐다보고 있으면, 하얀 봉우리 위에서 선녀들이 춤을 추는 모습이 눈에 보일 것만 같다.

하지만 한참 동안 그것을 보고 있노라면, 어느 틈엔가 구름의 형상이 변해버린다. 높다랗게 우뚝 솟은 봉우리가 어느 틈에 슬그머니 옆으로 길게 퍼져서 옆에 있던 구름과 아무 말 없이 합쳐져 버리는 것이다. 그러면 구름 한쪽에서 옅은 보랏빛으로 보드라운 그늘이 만들어진다.

간간이 부는 바람에 나무 끝이 한들한들 조용하게 흔들린다. 그러나 그 뒤로 보이는 뭉게구름은 미동조차 없다. 언제까지나 그 자리에 머물러 있을 것만 같다. 하지만 가만히 보고 있으면 구름도 움직이고 있음을 알 수 있다. 더할 수 없이, 천천히 움직이지 않는 것처럼 가만히 움직이고 있을 뿐이다. 그렇게 느리게 움직이면서도 다른 구름과 합쳐져서 새로운 봉우리를 만든다.

그런가 하면, 어느 틈에 보드랍던 보랏빛 검은 그늘로 변해서 햇볕을 가리면서 주먹 같은 물방울을 내리쏟는다. 마치 모래를 내리쏟는 듯한 형세로 바람이 나게 내리쏟는다.

"으아악!"

"소낙비다!"

양복쟁이가 소리를 치면서 맥고모자(밀짚이나 보릿짚을 이용해서 만든 여름 모자)를 벗어든 채 뛴다. 미인이 뛴다. 학생이 뛴다. 경찰이 도검을 붙잡고 뛴다.

어느새 길가의 처마 밑마다 길 가던 사람이 쭉 늘어서 있다. 그 길로 자동차가 위세 좋게 달린다.

낮잠 자던 부인이 깜짝 놀라 황망히 장독 뚜껑을 덮고 빨래를 걷는다. 하지만 어느새 비는 그치고, 다시 햇빛이 반짝거린다.

"참, 잘도 속이네."

부인이 한숨을 길게 내쉬며 다시 빨래를 넌다. 처마 밑에 늘어섰던 사람들 역시 다시 헤어져 제 갈 길을 간다.

햇볕에 까맣게 타던 기와지붕과 산이 세수하고 난 것처럼 깨끗하고 산뜻해졌다. 햇볕 역시 한층 더 선명하게 비친다.

빙수보다도 더 달고 시원한 한여름의 한 줄기 양미(凉味, 서늘하거나 시원한 맛)! 이것도 잊지 못할 뭉게구름의 비밀 중 하나다.

소나기가 지나가면 저녁때가 가깝다. 소나기 장난에 시치미 떼는 뭉게구름이 옆으로 길어져서 무슨 회의나 잔치에 참여한 것처럼 약속이나 한 듯 한쪽으로만 몰려간다. 그러면 여름 하루가 무사히 저물고, 서늘한 저녁 기운이 돌기 시작한다.

불볕밖에 아무것도 없는 듯싶은 더운 날, 뭉게구름의 변화를 바라보는 것은 분명 여름의 좋은 감흥(感興, 마음속 깊이 감동해서 일어나는 흥취) 중 하나다.

-1924년 6월 〈신여성〉

자, 수박이오, 수박

어서들 사려, 싸구려

서글서글한 단맛!

첫사랑한 새색시 물동이에 넣어

정든 임에 선물하기 좋은

수박이오! 자, 수박!

_ 허   민, 〈수박 타령〉 중에서

수박

_최서해

"싸구려, 싸구려! 수박이 싸구려! 한 통에 오 전, 두 통에 십 전! 맛있는 수박이 싸요!"

수박 장수가 집 앞을 지나간다.

땀에 젖은 수박 장수의 목소리가 터덜터덜 거리는 손수레 바퀴 소리와 묘한 조화를 이루고 있었다. 동시에 벌겋게 달아오른 석양(夕陽, 해가 질 무렵) 공기를 흔들며 활기를 띠었다.

그 소리는 우리 집 앞에 와서 뚝 그쳤다. 그러더니, 곧이어 아까보다 더 크게 들려왔다.

"싸구려, 싸구려! 수박이 싸구려! 한 통에 오 전, 두 통에 십 전! 맛있는 수박이 싸요!"

여름이 다 가고, 가을 기운이 들도록 수박 맛을 보지 못한 나는 서둘러 밖으로 나갔다. 수박의 진하고 서늘한 향기가 뜨거운 석양에 땀투성이가 된 나를 밖으로 이끈 것이다. 하지만 나만 그런 것이 아니었던 모양이다. 어른 아이 아이 할 것 없이 많은 사람이 이미 수박 장수 주위에 모여 있었기 때문이다.

수박 값을 치르고 수박 두 통을 받아든 나는 집에 오자마자 수박 꼭지를 땄다. 큰놈은 속이 불그데데하고, 작은놈은 새빨갛게 익은 것이 입맛을 절로 자극했다.

우리는 그것을 맛있게 먹기 위해 제일 잘 익은 놈 속에 설탕과 소주를 부어 넣고 다시 제 꼭지를 꼭 덮어서 물 항아리 속에 집어넣었다. 그러나 중심이 바르지 못한 수박은 이리저리 돌며 똑바로 서질 못했다. 이에 바가지 가득 얼음을 채운 후 그 속에 수박을 담아서 물 항아리 속에 다시 띄웠다. 그제야 이 사람 저 사람의 혜고(惠顧, 은혜를 베풀어 잘 돌보아 줌)를 기다리며 이리저리 돌던 수박은 중심을 잡았고, 우리는 만곡(萬斛, 많은 양)의 양미(涼味, 서늘하거나 시원한 맛)을 즐길 수 있게 되었다.

우리는 덜 익은 놈으로 급히 해갈한 후 마루에 드러누워 땀을 들이다가, 그만 낮잠이 들고 말았다.

한참 후 눈을 떠보니, 어느새 석양이 마당에서 자취를 감추고, 아까는 없던 서늘한 바람이 간간이 불어와 맑은 정신을 깨우기 시작했다. 그러나 누구도 항아리에 채여 놓은 수박 생각은 하지 못했다. 그러다가 저녁을 짓기 위해 부엌으로 들어갔던 아내가 잊고 있던 기억을 일깨웠다. 그러나 모든 것은 이미 파의(破矣, 파괴됨)되고 말았다.

일엽빙주(一葉氷舟, 작은 나뭇잎 같은 얼음 배)에 갖은 정성을 들여서

실어 놓았던 수박은 의외의 풍랑을 만나 참몰(慘沒, 참혹하게 가라앉음)
된 채 꼭지와 몸통이 따로 떠돌고 있었을 뿐만 아니라 바가지 역시 엎어
져 있었다.

항아리 속에 물이 가득 찬 것을 보니, 물장수가 다녀간 게 틀림없었다.
우리가 자는 사이에 들어와서 무심코 물을 부어 놓은 것이다.

쏟아져 내리는 굵은 물줄기에 수박이 어찌 견디었으랴. 수박은 물론
물도 버리고 말았다.

항아리 속을 들여다보던 나는 향긋하고도 시원한 수박의 맛을 상상하
며 은근히 침을 삼키던 조금 전의 내 모습이 떠올라 한바탕 웃음을 짓고
말았다. 그와 함께 운명의 불역가도(不可逆睹, 앞일을 내다볼 수 없음)
를 다시금 느끼지 않을 수 없었다.

-1928년 〈조선일보〉

여름과 물

_최서해

뒤에는 푸른 산, 앞에는 긴 강, 그 사이에 하얗게 깔린 그리 넓지 않은 백사장은 뜨거운 볕에 달아올라 이글이글하다.

나는 푸른 보리밭을 지나 백사장으로 나아갔다. 뜨거운 모래에 발바닥은 뜨겁게 달아오르고, 발갛게 깎은 머리에 스며드는 볕은 뇌장(腦漿)을 끓이는 듯하다.

쾅쾅—쏟아지는 여울 소리처럼 간간이 녹음(綠陰, 푸르고 울창한 숲)을 스쳐오는 바람이 서늘하기 그지없다.

이른 새벽부터 초로(草露, 풀잎에 맺힌 이슬)에 베잠방이(베로 만든 옷)를 적셔 가면서 기음(氣泩, 이상 기후)에 피곤한 촌사람들도 뜨거운 정오의 햇볕을 피해 강가로 나왔다. 물속에서 물장구치는 아이들, 버들 그늘에서 낚싯대를 드리운 늙은이, 모두 대자연의 한 덩어리처럼 보인다.

나는 옷을 활활 벗었다. 그리고 뜨거운 모래에 움츠러든 발부터 얼른 물속에 넣었다. 보이지 않는 느긋한 물에 떨어진 햇발은 검푸른 물속에 속속히 흘러들어서 푸른 바탕에 느릿한 비단—발(길게 쭉 내리 펼쳐진 비단) 같다.

잠잠한 물은 무릎에 와서 부딪쳐 아른아른한 길을 지으며 흐른다. 띄어놓는 걸음을 따라 두 다리를 점점 더 깊이 잠기는 산뜻한 물 기운은 부글부글 끓는 피를 맑고 깨끗이 식힌다.

나는 팔을 쭉 폈다. 그리고 몸을 솟구쳐 물속으로 풍덩 뛰어들었다. 고요하던 물에 굵은 파문이 일고, 햇볕 사이로 영롱한 구슬 같은 물방울이 퍼졌다.

싸늘한 물이 내 몸을 안을 때, 나는 묘한 쾌감을 느꼈다. 껍질을 뚫고 살에 스며들어 뼛속까지 사무치는 물 기운은 청정하고 경쾌한 느낌을 주었다. 머리 위에 빛나는 태양은 자연을 뜨겁게 비추건만 나와는 아무 상관없다.

나는 두 발로 물을 차고, 두 팔로 물을 끌어당기었다. 내 몸은 순한 물길을 좇아 둥실둥실 아래로 흐른다. 천 일이고, 만 일이고 이 물에 이렇게 밀리면서 하늘 끝닿는 데까지 가고 싶다. 이에 물개암나무가 우거진 조그마한 섬을 향해 엉금엉금 기어올랐다. 강렬한 볕 아래 강풍에 반짝반짝 흔들리는 푸른 잎들은 마치 수정처럼 맑다.

물속에서 으스스 식은 몸을 햇볕에 다시 내놓자 긴장했던 힘줄이 풀렸는지 졸음이 스르르 쏟아졌다.

출렁출렁한 목소리! 반짝반짝 선명한 녹음, 서늘한 바람, 그 사이에 시름없이 앉은 나……. 어떤 괴로움도 느낄 수 없다.

아! 우주와 인생은 아름다운 것이다.

-1925년 〈조선문단〉

나는 밭고랑에 누운 한 개 수박이라오

이렇게 잔잔히 누워 있어도

마음은 선지피처럼 붉게 타

돌보는 이 없는 설움을 안고

아침이나 낮이나 저녁이나 슬프기만 하다오

여보! 제발 좀 나를 안아주오

웃는 얼굴, 따스한 가슴으로

_윤곤강, 〈수박의 노래〉 중에서

수박

_계용묵

입맛에 따라서 제각기 다르겠지만, 여름 과일로는 아무래도 수박만한 것이 없다. 맛으로 친다고 해도 수박은 참외나 다른 그 어떤 과일에 결코 밀리지 않는다. 생긴 품위로 봐도 마찬가지다. 어떤 과일도 수박을 따르지 못한다. 그 중후한 몸집에 대모(玳瑁, 바다거북의 등딱지) 무늬의 엄숙하고 점잖은 빛깔이 교양과 덕을 높이 쌓은 차림새 같은 고상한 인상을 주기 때문이다. 또한 감미로운 맛을 새빨갛게 가득 지닌 그 속살은 교양과 덕의 상징이라고 할 수 있다. 새빨갛게 속이 물드는 과일이 어디 수박뿐이랴만, 수박의 그것은 다른 과일의 그것에 비해 빛의 성질이 다르다. 천진(天眞, 꾸밈이나 거짓이 없이 자연 그대로 깨끗하고 순진함)에 가까울 만큼 순한 빛이요, 연한 살이다. 따라서 자연에서 나는 제품 가운데 수박이야말로 가장 예술적인 제품이다.

내가 수박을 좋아하는 것도 실은 이 예술적인 풍미에 있다. 그래서 나는 수박을 미각으로만 즐길 것이 아니라 시각으로도, 취미로도 즐기고 싶어 시골에서 살 때 채원(菜園, 채소밭)에다가 수박을 손수 심고 가꾸며 어루만진 적이 있다.

하지만 하나의 예술이 완성되기까지 수많은 노력이 필요하듯 수박을 가꾸는 데도 여간 많은 노력이 필요한 것이 아니었다. 재배법을 들여다보며 꼭 그대로 가꾸는 데도 제대로 자라지 않았기 때문이다. 참외는 맺히기만 하면 그 결실을 볼 수 있건만, 수박은 그렇지 않았다. 맺혔다가도 곧잘 떨어지고, 한창 크다가도 밑자리가 위태로워 그것을 바로잡으려고 손만 좀 대도 금방 손 냄새를 맡고는 앓곤 한다. 자연 이외의 접촉은 허락하지 않는 것이다. 그러니 수박이야말로 자연이 준 지조를 충실히 지키는 과일이라고 할 수 있다.

이런 고상한 의지를 지니고 있는 것만으로도 수박은 탐나는 미각의 대상이 아닐 수 없다. 하물며 달고 시원하면서도 그 깨끗한 맛이란 여름의 그 어느 과일에도 비할 수 없다. 적당히 익어서 땅바닥에 닿았던 부분이 누렇게 되고, 두들겨 봐서 북소리가 나는 놈만 골라 들면, 그야말로 여름이 아니고는 결코 맛볼 수 없는 일미 중의 일미다.

하지만 시장에 나와 있는 것 중에는 그런 게 쉽게 눈에 띄지 않는다. 돈벌이를 위해 다량 생산을 하고, 인공을 가해 자연을 모독해서 성숙시킨 것이 많기 때문이다. 그 결과, 수박 본래의 맛 역시 나지 않는다. 심지어 속을 붉게 만드느라 채 자라지 않은 작은 과일에 붉은 물감 주사를 놓은 것도 많다니, 어쩌면 한평생 수박의 제맛을 모르고 지나는 사람도 적지 않을 것이다.

4천여 년의 역사를 가지고 오랜 세월을 내려오며, 시인의 흥을 돋우고, 만인의 입에 오르내리는 수박. 오늘에 와서 그 맛이 이렇게 변질이 되고 만다는 건 여름의 미각을 위해서도 슬픈 일이 아닐 수 없다.

-1949년 7월 〈국도신문〉

여름의 미각

_계용묵

여름은 채소를 먹을 수 있어서 좋다. 시금치, 상추, 쑥갓, 쌈…… 이 얼마나 미각을 돋우는 채소들인가. 새파란 기름이 튀어지게 살찐 성성한 이파리를 마늘 장에 꾹 찍어 아구아구 씹는 맛, 더욱이 그것이 찬밥일 때는 더할 수 없는 진미가 혀끝을 한층 돋운다.

그러나 같은 쌈, 같은 쑥갓이라도 서울의 것은 흐뭇이 마음을 당김이 적다. 팔기 위해 다량으로 뜯어다 쌓은 것도 모자라, 며칠씩 묵혀 가며, 시드는 것을 막기 위헤 물을 뿌려 빛을 내기 때문이다. 그러니 미각(味覺) 역시 동할 리 없다.

여름이 아니고는 이런 것이나마 맛볼 수 없기는 하다. 하지만 성성한 채정(採精, 채소 고유의 빛)이 다 빠지고, 제 빛을 잃어가는 빈약한 이파리가 비위에 거슬린다. 그래서 최근 이삼 년 동안은 쌈이 그리운 여름이 와도 좋아하는 쌈 한번 마음 가득히 먹어 보지 못했다.

언제나 시골에서처럼 채소밭에다가 푸른 식량을 한 밭 가득 심어 놓고, 뱃속까지 새파랗게 물들 것처럼 싱싱한 정기가 듬뿍 담긴 그 푸성귀를 아구아구 씹어 먹어 보는지—

아내 역시 그것이 무척 그리운 모양이다. 이에 한 번은 파를 사다가 유난히 좁은 마당 한쪽의 물독 옆에다 서너 포기를 꽂아 놓고 물을 주어 키우기도 했다. 가게에서 사 먹는 것보다 조금이라도 생기가 돌게 해서 먹으려는 방편이었다.

하루는 고향에서 손님이 왔다가 그걸 보고 우리에게 물었다.

"저게 채원(菜園, 채소밭)인가?"

우리는 누가 먼저랄 것도 없이 큰소리로 웃었다. 그러고 보면 그런 것에 구애 없이 사는 시골 사람이 무척 부럽다.

우리 집 마당이 얼마나 좁은지 여기에 평수를 구체적으로 따져 밝히기보다 좋이 설명해주는 일화가 하나 있다.

작년 봄이었다. 시골에서 입학시험을 치르기 위해 올라와 있던 여학생 하나가 마당 한복판에 서서 사방을 두루 살피더니 이렇게 말했다.

"여기 마당은 어디 있어요?"

나와 아내는 그때도 웃음을 참지 못했다. 생각건대, 이 정도면 우리 집 마당의 크기가 어느 정도인지 가히 짐작할 수 있을 것이다. 그러니 채소를 직접 길러 먹는 것을 좋아하는 아내에게는 얼마나 답답할까. 그래서인지 아내는 가끔 파 다섯 포기밖에 심을 수 없는 마당을 기웃거리며 이렇게 말하곤 했다.

"뒤곁에 있는 바위 위에라도 흙을 좀 사다 붙고 쌈 같은 것을 심을 수는 없을까요?"

"그럼, 장독은?"

"장독 옆으로 말이에요."

"그럴 바에야 사다 먹는 게 차라리 싸지."

"그래도요—"

아내는 되건 안 되건 한번 시험이라도 해봤으면 하는 심정이었다.

그러나 바위 위에다 흙을 덮으려면 적어도 한 자(길이를 재는 단위로, 한 자는 30.3cm이다) 두께는 덮어야 한다. 그 정도면 흙이 한 마차(馬車, 수레 한 대 정도의 양)는 필요하다. 한 마차면 사 원이니, 그리 큰돈은 아니다. 하지만 장마를 한 번 겪고 나면 꼭 사태(沙汰, 비로 인해 언덕이나 산비탈이 무너지는 일)가 나고, 결국 그 흙을 쳐내는 인부의 삯까지 계산해야 한다. 그러니 아내의 심경을 모르는 바는 아니지만, 굳이 그럴 필요가 있겠냐는 생각이 들었다. 이에 아내에게 이를 자세히 설명해줬더니 더는 아무 말도 하지 않았다. 대신, 마당귀의 파 다섯 포기에만 마음을 기울였다. 그 결과, 최근 들어 한 포기를 더 늘려 여섯 포기가 담 밑에서 새파랗게 자라며 반찬의 양념 역할을 톡톡히 하고 있다. 하지만 가게에서 사 오는 시들은 백채(白菜, 배추)에는 아무리 신선한 파가 들어간들, 결코 그 맛을 돋우지 못한다. 그렇다고 모처럼 애쓰고 키워서 만든 김치를 맛이 없다고 할 수도 없어 잠자코 먹기는 하지만, 결국은 아내의 손만 더 분주하게 만드는 셈이다.

겨울밤, 찬밥에다 동치미를 썰어 비빈 그 기운찬 맛, 미미각(美味覺)의 여성적인 가을 과실, 고사리 같은 맛있는 갖가지 봄나물 등 철마다 미각의 대상이 계절을 자랑하지 않는 것이 없다. 하지만 내게는 여름철의 그 것보다 못하다.

먹는 데도 역시 그 운치가 반은 더 미각을 돋운다. 이에 수박은 다락 위에서 꿀을 부어 한가히 먹어야 제맛이며, 참외는 거적문을 들치고 들어가는 원두막 안에서 먹어야 제맛이 난다. 그런 것을 서울에서는 따다가 억지로 익힌 속이 곯은 놈을, 그것도 마루 위에서 먹으니 제맛이 날 리 없다.

이즈음, 한참 수박과 참외를 수레에 가득 싣고 다니며 사라고 외치는 소리가 들리곤 한다.

"생선 사게?"

내가 채소를 맛없어하니, 아내가 생선장수를 불러 세운 모양이다.

"차라리 오이를 사지, 그래?"

"글쎄, 싱싱한 게 있어야지요."

"그럼, 시장이라도 한번 가 보던가."

"아까도 내려가 봤는데, 좋은 게 없어요."

결국, 오늘도 맛있는 김치를 먹지 못했다.

-1942년 5월 〈매일신보〉

6월

아침

신선한 맥박은 푸른 잎처럼 건강하다

야채가게 앞은

아침 세례를 받아서

생기있는 채소밭이 아름다워라

어디선가

아침 체조의 구령소리가

힘차게 울려퍼진다.

_ 이효석, 〈6월의 아침〉 중에서

6월의 아침

_채만식

모처럼 아침 산책을 하느라 지팡이를 끌고 나섰다. 밤을 꼬박 새운 전등이 그대로 선하품을 자아낸다.

5시 30분. 나만 부지런한 줄 알았더니, 해가 벌써 한 뼘이나 높이 솟았다. 장으로 묵이라도 팔러 가는지 머리에 광주리를 인 여인의 걸음이 몹시 바쁘다.

서늘할 만큼 아침 기운이 시원하고 맑다. 송도(松都, 개성)는 분지(盆地, 해발 고도가 더 높은 지형으로 둘러싸인 평지)여서 공기가 그다지 좋지 않지만, 아침만큼은 별개다.

밭 가운데로 길이 난 고구마밭의 고구마 덩굴이 이제 제법 탐스럽게 엉켰다. 잎사귀에 이슬이 함빡 젖어 비 맞은 뒤처럼 윤기가 흐른다.

건너편 언덕 비탈에 이파리와 가지가 한참 피어오르는 사과밭이 보인다. 서향이라서 짙은 음영이 가득 드리웠다.

용수산 기슭으로 아침 안개가 엷게 덮여 있는 것이, 점점 더워지던 날씨가 오늘은 더 더울 것 같다.

'가죽바위'의 우물은 날이 가물어도 언제나 곤곤히 넘쳐흐른다. 우물 깊이라야 반 길이 될까 말까 하지만 바닥에 적지 않은 바위가 깔려있다. 기실, 우물이라기보다는 산 밑에 있는 샘물이라고 할 수 있다. 그래도 이 우물 하나로 온 동네 사람들이 다 먹고산다. 맑게 넘쳐흐르는 것이 보는 기분에 따라 다르겠지만 늦은 오후나 밤보다는 아침에 보면 더욱 신선해서 좋다.

우물 앞에 놓여 있는 바가지로 물을 휘젓은 후 한 바가지 가득 퍼서 먹어본다. 달다—

과수원 둘레를 싸고 있는 앵두나무에도 새빨간 앵두가 잘 익었다. 곧 손이 가려고 한다.

어느 틈에 앵두가 이렇게 익었을까. 그러고 보니 서울 같으면 성북동으로 앵두를 먹으러 갈 때다. 이에 불현듯 서울 생각이 난다.

밤나무 동산의 밤나무는 아직 입도 여릴 뿐만 아니라 꽃 역시 피지 않았다. 새날이년 꽃이 씌어 ㅗ윽한 향기를 풍길 것이나.

밤꽃 향기에 홀려 매일 이곳을 찾았던 게 작년 7월이다. 올해도 아마 그때까지는 여기에 머물러 있으리라. 그때쯤이면 저기 아직 덩굴만 조금 뻗은 딸기도 새빨갛게 익을 것이다.

밤나무 동산을 지나면 솔밭의 송진 냄새가 정신을 번쩍 들게 한다. 그러면 솔새가 이때 다 싶어 솔방울을 쪼면서 야물 맞게 지저귄다.

산 밑 등성이 넘어 밭에는 장다리(무, 배추 따위의 줄기에 피는 꽃)가 여기저기 피어있다. 노란 배추장다리, 연보랏빛 무장다리…… 잎은 연두색이다. 그 옆에서 하얀 나비와 노랑나비가 꽃과 분간할 수 없이 요란스럽게 날고 있다. 고개를 들면 한없이 퍼져나간 꽃밭이 영롱한 채색 안개 같다.

이맘 때면 송도는 장다리꽃이 만발한다. 그때마다 어린 시절 뛰어놀던 고향 생각이 난다.

"장다리 밭에 병아리가 울고……"

삼사월 즈음, 파릇파릇한 장다리 연둣빛 잎이 필 때면 정월 만배로 깨어난 병아리가 거의 자라서 제법 우는 흉내를 낸다. 이때가 봄 치고는 가장 좋은 때다. 그러면 사람들은 도시락을 싸 들고 진달래가 가득 피는 남산으로 화전놀이를 간다.

"푸릇푸릇 봄배추 나오기만 기다려……"

어린아이들은 이런 노래를 부르면서 뻐꾸기가 울고 있는 앞산으로 등걸나무를 하러 간다. 내려올 때 보면 머리에 철쭉꽃이 꽂혀 있다.

고향이라야 그리 향수가 깃든 것도 아니지만 절기마다 근사한 풍경을 대하면 문득문득 어린 시절이 생각나곤 한다.

출발할 때 정한 코스대로 한 바퀴 돌아 사과밭 옆을 지나면서 보니, 사과가 벌써 굵은 대추알보다 더 크다.

새까만 강아지 한 마리가 갑자기 심술이 났는지 짖기 시작한다. 지난 겨울 아이들한테 바구니를 들려서 사과를 사러 갈라치면 몹시 텃세를 부리던 고얀 놈이다. 아마 그때의 화풀이를 하나보다.

사과밭 주인인 애꾸눈 영감이 강아지를 나무란다. 이웃이라고 낸 돈보다 더 많은 사과를 주는 정 많은 영감이다. 애꾸눈만은 안 부러워도, 이렇게 과수원을 차려놓고 그 한가운데 있는 집에서 한가롭게 살아가는 모습만은 언제 봐도 부럽다.

하지만 가까운 지인의 얘기에 의하면, 과수원이란 마치 갓난아이와 같아서 성미 급한 사람은 절대 할 게 못 된다고 한다.

그래도 나는 한번 해보고 싶다. 부지런히 몸을 움직여서 건강도 얻으려니와 생활 역시 거기에 의탁할 수 있기 때문이다. 거기에 내키는 흥으로 펜을 들어, 팔기 위한 원고가 아닌 일 년에 단 한 편이라도 좋으니 자신 있는 작품을 쓰고 싶다. 물론 지금의 내게는 말도 안 되는 공상에 불과하지만.

그러고 보니 벌써 해가 반 길이나 더 솟았다. 넓은 마당에 곱게 깔린 클로버의 이슬방울이 오색으로 영롱하게 빛난다. 녹음(綠陰) 짙은 포플러가 미풍을 받아 가볍게 흔들린다. 까치 한 마리가 앉아 있다가 무엇에 놀랐는지 깍깍 울면서 날아간다. 반가운 소식이라도 있으려나 보다.

- 1938년 6월 〈여성〉 3권 6호

여름 풍경

_채만식

다음 이야기는 고향에서 한여름을 지낼 때 실제로 있었던 일이다.

낚시

반생(半生, 한평생의 반)에 처음으로 낚시질을 가려고 약속을 해놓고, 이튿날 아침 부지런히 일어나보니, 이미 해가 동동(작은 물체가 떠서 움직이는 모양) 솟은 아홉 시였다. 부랴부랴 세수와 아침 식사를 마치고 이웃에 사는 이 군에게 달려갔다. 태공망(太公望, 강태공을 말하는 것으로 '낚시꾼'을 비유적으로 이르는 말)이란 건 한가롭고 여유가 있으며, 팔자 좋은 것이라고 하더니 내게는 그렇지 못함을 통감해야 했다.

이 군은 이미 모든 준비를 마치고 나를 기다리고 있었다. 낚싯대, 낚싯줄, 낚싯밥, 깻묵, 자리, 다래끼, 말뚝, 양산 그리고 점심…… 모두 우리 두 사람분의 몫이었다.

잠시 후 우리는 그것을 넣은 가방을 척척 둘러멘 후 비로소 장도(壯途, 중대한 사명이나 장한 뜻을 품고 떠나는)에 올랐다.

우리는 고의적삼(여름에 입는 홑바지와 저고리)에 위에는 밀짚으로 만든 벙거지를 쓰고, 아래는 풀대님(바지나 고의를 입고서 대님을 매지 아니하고 그대로 터놓음)으로 무장(武裝)했다. 그리고 혹시 있을지도 모를 뱀을 위해 구두를 신었다.

본디(처음부터 또는 근본부터), 우리 고장에서는 젊은 사람들이 낚시 질하러 다니면 중늙은이들이 '호래자식(배운 데 없이 막되게 자라 교양 이나 버릇이 없는 사람을 낮잡아 이르는 말)'이라고 욕을 했었다. 그러나 그것도 이제 세상이 좋아져서 태공망 적령제(適齡制, 어떤 표준이나 규 정에 알맞은 나이)가 해제되어, 요즘은 누구나 하고 싶으면 맘 편히 다닐 수 있게 되었다. 그래도 아직 콧등이 새파란 젊은 놈들이 낚싯대를 둘러 메고 동네를 활보하기는 어쩐지 민망했다.

근 십 리쯤 떨어진 낚시터에 도착하니 한낮이 되었다. 우리는 물고기 를 유인하기 위해 우선 물에 깻묵을 끼얹었다. 그리고 각자 자리 옆에 말 뚝을 박은 후 양산을 비끄러매었다(줄이나 끈 따위로 서로 떨어지지 못 하게 붙잡아 매다). 그래야만 한여름의 따가운 햇살을 가릴 수 있기 때문 이다—

이 군은 내가 앉은 자리에 받침대를 꽂고, 낚싯대를 드리울 어름(구역 과 구역의 경계)을 맞춘 후 낚시하는 법을 설명해주었다. 그는 비록 나보 다 어렸지만, 낚시로는 내게 스승이었다. 그에 비하면, 나는 신입생이나 마찬가지였다.

나는 이 군이 시키는 대로 낚싯밥인 지렁이를 낚시에 끼운 후 낚싯대의 탄력을 이용해서 낚싯줄을 물에다 던졌다. 그리고 낚싯대를 조금 당기어 받침대에 걸어놓으니, 낚싯줄 중간에 있는 낚시찌가 오르락내리락하더니 곧 제자리를 잡았다.

'하하, 저놈이 기묘한 신호를 하는 놈, 즉 스파이구나! 그러니까 물고기로 보면 대적(大敵, 강한 적)이다. 그나저나 언제 물고기가 와서 낚싯밥을 무나?'

하지만 아무리 초조하고 성급해도 물고기가 물지도 않은 낚시를 잡아챌 수는 없다.

태공망의 '기다림'의 철학이 바로 여기에 있음을 나는 절실히 느꼈다. 물고기가 물지 않으면 온종일이라도 그냥 앉아 있어야 할 터이니 말이다.

10초…… 30초…… 1분…… 2분…… 5분……

그러나 아무리 기다려도 물고기는 소식이 없었다. 옆을 바라보니, 이 군은 아직도 낚시조차 드리우지 않은 채 준비가 한창이었다.

"여보게, 통 물지를 않네!"

"흥! 그렇게 쉽게 물면 물고기를 짊어지고 가게요. 진득하게 기다리다가 무는 놈이나 놓치지 마세요."

역시나 태공망의 철학을 닮은 사람답게 느긋했다.

그렇게 약 10분쯤 낚시찌를 바라보고 있었을까. 돌연(실로 돌연이다) 낚시찌가 간당간당(물체가 자꾸 가볍게 흔들리는 모양) 놀고 있는 게 보였다.

나는 앞뒤 생각하지 않고 낚싯대를 힘껏 잡아채었다. 그리고 커다란 물고기가 후드득거리며 선명한 은린(銀鱗, 은빛이 나는 비늘)을 번뜩이며 달려올 것을 예상하고 싱긋 웃었다.

그러나 이 얼마나 멋없고 쓸쓸한 일이란 말인가. 힘없이 채어지는 낚시에는 빈 낚시만 대롱대롱 매달려 있을 뿐이었다. 그러자 옆에서 이를 지켜보던 이 군이 남의 속도 모르고 빈정거렸다.

"미끼만 채갔네요."

나는 다시 미끼를 끼운 후 낚시를 드리웠다. 이번에야말로 절대 실패하지 않으리라는 굳은 결심과 함께.

이 군에 의하면, 낚시찌가 간당간당하는 것은 고기가 아직 낚시를 물지 않고, 미끼만 조금 떼어서 맛을 보는 것이라고 한다. 그러니, 그 순간은 그냥 두어야 한단다. 그러면 미끼 맛을 보고 난 고기가 다음 순간 낚싯밥을 덥석 물고 획 달아나게 되는데, 그 찰나에 낚싯대를 잡아채야 한다. 그런데 나는 미처 거기까지 생각하지 못한 채 서둘러 낚싯대를 잡아채고 만 것이다.

나는 '이번에야말로!' 라며 뚫어지게 물과 낚시찌를 바라보았다. 그러기를 약 5분쯤 흘렀을까. 마침내 낚시찌가 놀기 시작했다. 그것은 아주 미묘하게 간당간당하고 있었다.

나는 살그머니 낚싯대를 잡고 다음 순간을 준비했다. 그랬더니, 아닌 게 아니라 낚시찌가 물속으로 푹 가라앉는 게 아닌가. 순간, 벼락같이 낚싯대를 잡아챘다.

매우 가늘기는 했지만 손바닥에 느껴지는 진동과 묵직한 반발력! 어느 남녀의 사랑이 그보다 더 아기자기하리오. 물론 그 감각은 광선보다도 더 빠른 순간에 맛보는 것이었다. 그러니까 그것은 마치 라듐(알칼리 토류 금속에 속하는 방사성 원소)만큼이나 귀중한 것이다.

그런 짜릿한 쾌감을 주면서 낚시 끝에 물고기가 매달려 올라오고 있었다.

얼핏 보니, 아주 못생겼다. 누르스름하고, 입이 커다란 데다 격에 어긋나게 수염까지 난 자가사리(퉁가릿과의 민물고기)란 놈이었다. 하지만 그런 것은 내가 알 바 아니다. 좌우간 나는 톡톡히 재미를 봤을 뿐만 아니라 고기를 낚는 데도 성공했다.

그러나 두 번째는 허탕을 치고 말았다. 다행히 세 번째에 붕어 한 마리가 지느러미에 낚싯바늘이 꿰어진 채 올라왔다. 아마 미끼는 다른 놈이 먹고, 옆에 있다가 잘못 걸려 올라온 모양이었다.

잠시 후 재수 없이 게 한 마리가 올라왔다.

그렇게 해서 집에 돌아올 때 내 그릇에는 모두 여섯 마리의 물고기가 들어 있었다. 반면, 낚시 스승인 이 군의 그릇에는 네 마리가 들어 있었다.

이 군은 근래에 없는 불어(不漁, 물고기가 잘 잡히지 아니함)라며 매우 우울해 했다. 나는 단 한 마리만 낚았어도 만족했을 텐데, 여섯 마리나 낚아 매우 유쾌했다.

비응도(飛應島)의 노인

부청(府廳, 부(府)의 행정 사무를 처리하던 관청)이라는 곳은 유별나게 의혹이 많다. 그래서인지 주민들에게 곧잘 서비스도 하는 모양이다.

얼마 전 군산부(群山府)가 주민들을 위로한다고 항구 바깥에 있는 비응도(飛應島)에 해수욕장을 개설했다.

마침 군산을 갔던 길에 친구 몇 명과 함께 그곳으로 해수욕을 가게 되었다.

임시로 통행하는 배의 흘수선(吃水線, 배가 물 위에 떠 있을 때 배와 수면이 접하는, 경계가 되는 선)이 푹 가라앉을 만큼 나 같은 어중이떠중이를 가득 태운 배는 통통거리며 항구를 벗어나 섬이 드문 서해를 달렸다. 서해가 누렇다고 누가 그랬소? 이렇게 맑기만 한데―비록 동해만은 못하지만.

뱃속까지 시원한 바닷바람을 맞으며 뱃전에 서 있노라니, 어느덧 목적지인 비응도에 도착하게 되었다.

바다는 이미 수많은 인파로 인해 새까맸다. 마치 콩나물시루 속에 가득 찬 콩나물처럼 그 수(數)를 어림짐작할 수도 없을 만큼.

벌거벗은 아이들과 여자, 남자…… 모두 아담과 이브 이전으로 돌아간 듯했다.

나는 수영을 못하기 때문에 한동안 보트를 빌려 타고 놀다가 그것마저 싫증이 나서 뭍으로 올라오고 말았다. 그리고 주위를 빙 둘러보니, 저편 언덕 밑으로 인가(人家, 사람이 사는 집)가 두어 채 보였다.

옷을 걸어 입고 그쪽을 향해 걷기 시작했다.

비응도는 절해고도(絶海孤島, 육지에서 아주 멀리 떨어진 외딴 섬)였다. 또 섬 자체가 매우 작아서 이 넓은 바다 가운데 놓여 있다가 거센 풍랑에 씻겨가지나 않을지 마음에 걸릴 만큼 위태위태했다. 그래도 사람이 살았고, 논을 풀어 얼마간의 농사를 지었다. 얼핏 들으니, 다섯 가구에 열네 명이 살고 있다고 했다.

'왜, 이런 곳에서 살까?'

가장 가까운 항구인 군산까지 가려면 바람과 물을 잘 만나도 목선(木船)으로 꼬박 반나절이 걸린다는데.

그렇다고 해서 섬 부근에서 생선이 많이 잡히느냐 하면, 그렇지도 않다. 땅이 기름져서 농사짓기가 좋은 것도 아니다.

섬사람들은 매우 가난하다. 그러면서도 육지가 저버리고, 시대와 세상이 저버린 이곳에서 그런대로 살아가고 있다.

그렇다면, 그들은 진세(塵世, 정신에 고통을 주는 복잡하고 어수선한 세상)를 피해 살아가는 선인(仙人, 도를 닦는 사람)들이 아닐까. 그렇지도 않다. 도리어 육지 사람들보다도 더 현실적이고, 잇속에 빠르다.

고추밭 언덕에서 노인 하나가 풀을 뽑고 있었다.

나는 노인에게 다가가 이렇게 물었다.

"할머니, 언제부터 여기서 사셨어요?"

노인이 힐끔 나를 돌아보았다. 그러나 귀찮았던지 곧 예의 행동으로 돌아갔다. 낯선 양복쟁이가 쓸데없이 그건 왜 묻느냐는 것이었다.

"한 칠십 년 되우. 왜 그러우?"

"아니, 저는 여기 놀러 온 사람인데 하도 한적해서요. …… 그럼, 생활은 어떻게 하세요?"

"농사도 짓고, 고기도 잡지요."

"왜 군산 같은 좋은 데로 가서 살지, 이런 데서 사세요?"

"살던 데가 좋지요."

이 말은 확실히 내게 울리는 맛이 있었다.

그렇다. 사람은 다른 곳만 못하더라도 자기가 사는 곳이 좋은 법이다.

노인도 여기서 나고 자라 살다가 여기서 죽을 것이다.

"뭐 하러들 와서 저렇게 요란하우?"

노인이 내게 물었다.

"해수찜 하러 왔답니다."

"어디 바닷물이 없어서 여기까지 와."

노인이 입을 삐쭉거리며 말했다.

박꽃 피는 저녁

내가 나고 자란 집.

어느덧 해가 지고, 더위가 슬며시 물러갔다. 그러자 기다렸다는 듯이 섶울타리(나뭇가지 여러 개를 합하여 단으로 하고 칡넝쿨이나 새끼 등으로 결속해서 만든 울타리)의 박꽃이 한꺼번에 환하게 핀다. 뒤울(집 뒤의 담이나 울타리) 안 장독대 옆에서는 조그마한 분꽃이 함께 핀다.

산들바람이 지나가다가 이슬 어린 거미줄을 톡—하고 건드린다. 어스름은 짙어간다. 그럴수록 박꽃은 더 희고, 더 은근하게 어둠 속에서 뚜렷이 떠오른다. 사실 박꽃은 제일 예쁜 꽃은 아니다. 촌 새색시처럼 부끄럼을 타는 꽃일 뿐.

옛날 궁에서 왕비를 간택할 때 "무슨 꽃이 제일 좋으냐?"고 물었더니, "벼꽃과 목화꽃이 제일 좋다"고—한 이가 뽑혔다는 이야기가 있다.

만일 내가 그 간택의 소임을 맡은 사람이었다면, 그런 정취 없는 이를 왕비로 뽑지는 않았을 것이다.

꽃은 사람에게 아름답게 보여서 좋은 것이지 특정한 열매를 맺기 때문에 아름다운 것은 아니다. 그러므로 "벼꽃과 목화꽃이 제일 좋소." 라고 답한 이는, 비록 그 대답은 기발할지언정, 엄밀히 말해 타산가(打算家, 자신의 이해관계를 계산하는 사람)라고 할 수 있다.

박꽃이 좋다는 것 역시 어찌 보면 그런 의미로 볼 수 있다. 하지만 실은 그렇지도 않다. 박꽃은 황혼에 피어 있는 것이 적막해서 좋기 때문이다. 적막하다는 것은 보는 사람에 따라 다를지 모르지만, 여름 석양에 핀 박꽃을 보고 시원해 하지 않을 사람은 없을 것이다.

텃밭에 저녁 안개가 소리 없이 내려앉는다. 벌써 옥수수수염이 시들고, 마늘에는 고동빛(검붉은 빛을 띤 누런빛)이 솟았다. 노랗던 쑥갓 꽃역시 어느새 시들어버렸다.

텃밭 잡풀 위에는 축축한 빨래가 널렸다. 이슬이 내려 빨래를 적신 후풀 끝에 대롱대롱 구슬이 맺게 한다.

나비도 풀 끝에서 하룻밤 지나가던 잠자리를 빌어 고단한 꿈을 맺는다.

모깃불을 태운 잿더미에서 매캐한 연기가 뭉게뭉게 피어오른다. 모기 떼가 사방에서 왱왱—하고 떼 지어 무는 것이 깊은 땅속에서 울려 나오는 것처럼 멀게 들린다.

날은 아주 어두워졌다. 갈고리 진 초승달이 서쪽으로 넘어가려고 한다. 반딧불이 호박 덩굴 우거진 울타리 가에서 하나 또 하나 그리고 둘이 날며 반짝인다. 사립문 앞길을 지나가는 사람들의 이야기 소리가 도란도란 들리다가 사라진다.

밤은 촉촉하고 조용하다. 박꽃은 어둠 속에서 하얗게 빛난다. 호박벌이 날아와서 나래(날래)를 울린다.

밤에 피는 꽃에는 밤에 찾아오는 나비가 있다.

마당에서는 밀짚 방석 위에 돗자리를 펴놓고 빨래 다리기가 한창이다.

멀리 원두막에서 퉁소 소리가 끊겼다 이어졌다 한다.

이렇듯 인상 깊은 고향의 옛집이 마당은 물론 텃밭도 없어진 채 겨우 형태만 남아 있다. 하지만 쓰러져가는 그 집 울타리에서도 이때쯤이면 박꽃이 환하게 피어나고 있으리라.

녹음(綠陰)

여름방학에 들어간 텅 빈 학교 경내는 마치 천 년이나 비어 있었던 듯이 한가하고 녹음이 짙다.

옛날 동헌(東軒)이었던 곳을 그대로 고쳐서 교실로 쓰는 육중한 기와 집이 짙은 그늘 속에 박혀 있다. 그 옆으로 반듯반듯한 학교 건물이 두 개 나란히 놓여있다.

동헌 앞마당에는 둘레가 여섯 간(間 길이의 단위. 한 간은 여섯 자로, 1.81818m에 해당한다)이나 되는 느티나무가 들어앉아 커다란 그늘로 마당을 가득 덮고 있다.

교실 앞으로는 잎이 우거진 벚나무가 일렬로 죽 늘어서 있다. 그중에는 내가 졸업하면서 심은 놈도 있다. 하지만 그것이 어느 나무인지는 운동장의 지형이 변해서 알 수 없다.

넓은 운동장 변두리로는 키 크고 그늘 좁은 포플러나무가 빙 둘러서 있다.

따가운 햇볕이 땅에 반사되어 눈이 부시다.

교실 처마에서는 참새들이 제멋대로 지저귀며 날뛴다.

포플러나무에서 쓰르라미(매밋과의 곤충)가 바람결에 지나듯이 스르르—울다가 그친다.

졸릴 만큼 조용하다.

어디선가 노인이 장죽(긴 담뱃대)을 문 채 그늘에 앉아 졸고 있을 것만 같다.

갑자기 교실에서 오르간 소리가 단조롭게 울린다. 당직 교원이 심심하다 못해서 짚는 모양이다.

어느 구석에서 나왔는지 콧물 흘리는 아이들이 한데 몰려간다.

해는 길어서 이제 겨우 한낮이다. 아마 이 해가 지자면 몇백 년은 더 걸려야 할 것이다.

학교 왼쪽 언덕바지가 옛날 '감나무골'이다. 감나무가 많아서 그렇게 불렀단다. 하지만 그곳에는 대추나무도 많다. 그보다도 집을 에워싸고 있던 대숲이 퍽 무성해졌다. 그러나 이제 대숲도, 감나무도 모두 사라지고 말았다. 옛 집터에도 모두 새집이 들어섰다. 그곳에 살던 내 친구 '오동(伍童)이'가 그립다.

옛날 같으면 원님이 버티고 앉아 있을 동헌으로 올라가 아이들의 책상을 모아놓고 드러누웠다.

이십 년…… 이십 년 전에는 나도 여기서 콧물 꽤나 흘리며 공부를 했었다. 감나무골 오동이도 있었고, 그 밖에 다른 친구들도 있었다. 그 뒤 이십 년이 어떻게 해서 지나갔는지, 나는 거짓말 같아 미덥지가 않다. 혹시 옛날 이 동헌에 앉아 이 고을 백성을 다스렸던 원님 가운데 살아 있는 이가 있어 지금 이곳에 와 본다면, 그는 나보다도 더 감회가 깊을 것이다.

이런 생각을 하다가 마주치며 불어오는 시원한 바람에 그만 잠이 들고 말았다. 그리고 어린 시절의 꿈을 꾸었다.

잠에서 깨어나고 보니, 해가 제법 기울어지고, 그늘진 테니스 코트에서는 라켓에 공 맞는 소리가 퐁퐁— 한가롭게 들려온다.

－1936년 7월 17일~18일, 20일~22일 〈조선일보〉

백마강 뱃놀이

_채만식

여름 금강산과 삼방약수, 석왕사, 원산 해수욕장, 명사십리 해당화, 인천 월미도의 조탕(潮湯, 바닷물을 데워서 목욕하는 데에 쓰는 물)……

생각만 해도 뭔가 좀 시원해지는 느낌이다. 기왕이면 얼마나 더 시원해지는지 좀 더 자세히 써봤으면 좋겠지만, 기실 지금까지 그곳에 단 한 번도 가본 적이 없다. 그러니 자반조기 한 뭇(생선을 묶어 세는 단위. 한 뭇은 생선 열 마리를 이른다) 사서 천장에 매달아 놓고 밥 한 숟가락에 한 번씩 쳐다보는 격이다. 다만, 작년 여름에 회사에서 백마강(白馬江, 강 이름은 실상 금강이지만 중간의 어느 부분은 백마강이라고 한다) 탐방을 갔던 일이 어렴풋이 기억에 남아 있다. 이에(하기야 두 번이나 부려먹기가 좀 창피하기는 하지만) 나처럼 좋은 곳으로 피서를 가지 못하는 이들을 위해 간단하고도 괜찮은 피서 안내서나 하나 만들어보고자 한다. 그러니 일주일 정도 여유가 있다면, 이를 참고삼아 서너 명이 짝을 이뤄

내일이라도 당장 길을 떠나보자. 생각건대, 그다지 후회하는 일은 없을 것이다.

준비라야 여행비용 약 이십 원과 함부로 굴러도 상관없는 옷 한 벌이면 그만이다. 그 밖에 카메라와 간단한 악기, 그리고 담요 하나면 충분하다.

8월 10일 전후면 음력으로는 7월 보름이다. 따라서 더위도 한창이거니와 밤이면 보름달까지 환하게 떠서 휴가를 떠나기엔 안성맞춤이다.

푹푹 찌는 듯한 더위와 사람들을 피해, 서울역에서 아침 열 시에 떠나는 남행(南行) 특급열차에 몸을 실으면 시원하게 달리는 그 속도와 차창으로 들어오는 선선한 바람에 벌써 마음은 휴가를 떠난 기분이다.

그렇게 해서 네 시간가량 창밖 경치를 구경하고 있노라면, 오후 두 시가 지날 즈음 대전역에 도착한다. 그리고 거기서 호남선으로 갈아탄 후 남쪽을 향해 내려가면 오후 다섯 시쯤 강경역에 도착하게 된다. 이곳이 우리 뱃놀이의 최초 출발지다.

문제는 낯선 곳이라는 것이다. 이에 준비도 할 겸 지리 역시 익힐 필요가 있다. 그럴 때는 신문지국을 찾아가는 것이 좋다. 전국 어디를 가든 찾아오는 사람을 반갑게 맞아주기 때문이다. 그렇게 해서 안내하는 사람을 따라 시내를 한 바퀴 돌아본 후 앞산(무슨 산이라든지 이름은 잊었지만)에 오르면 강경(江景) 시가지를 한눈에 볼 수 있다.

하지만 이곳은 강경평야라는 넓은 들판 가운데서 발전한 상업지대일 뿐 오래된 유적이 있거나 경치가 아름다운 곳은 아니다. 물론 약간의 유적과 소위 '강경 팔경'이라고 하는 곳이 없는 것은 아니지만 그다지 신통하지 않다. 또 강을 끼고 있기는 하지만 물이 탁해서 깔끔하고 상쾌한 맛역시 부족하다. 이른바 강경(江景)에 강경(江景)이 없는 것이다.

시내 구경을 마친 후 여관을 찾아들면 딱 저녁 때다. 저녁을 먹은 후에는 달도 밝고 하니, 여관 뒤편에 있는 정산(亭山)에 올라가 바람도 쐬고, 맥주 한 잔쯤로 피로를 풀다 보면 그렇게 무료하지는 않을 것이다.

그러나 잊어서는 안 될 일이 있다. 내일 부여를 거쳐 공주까지 갈 배를 미리 잡아두는 것이다. 물론 자동차로도 넉넉히 갈 수는 있지만, 그것만큼 재미없는 일도 없다.

부여를 왕래하는 배가 있기는 하다. 하지만 시간에 맞춰 그것을 탈 수도 없거니와 그것을 타고 가면 중간에 마음대로 놀 수가 없다.

한 십 원쯤 주면 사공 딸린 조그마한 범선(帆船) 하나를 빌릴 수 있다. 여기에 천막 하나와 취사도구, 조그마한 그물 하나쯤 빌려두는 것이 좋다. 반드시 요긴하게 쓸 곳이 있기 때문이다. 그 밖에 쌀 몇 되와 약간의 빵, 통조림 몇 개, 맥주 한 다스(물건을 열두 개씩 묶어서 세는 단위를 나타내는 말) 정도면 충분하다. 그리고 날이 밝으면 느지막이 선창으로 나가 미리 준비해둔 배를 타고 백마강 뱃놀이의 첫 길을 떠난다.

말했다시피, 강물은 얼마 가는 동안까지 매우 탁하다. 그러나 그것은 잠시일 뿐, 차차 가는 동안 점점 맑아지기 시작한다. 맑고 푸른 강물에 돛대를 넌지시 달고 소리 없이 미끄러져 올라가다 보면 고요한 바람결에 뱃사공의 콧노래가 들려온다. 이에 뱃전에 앉아 시원한 강물에 발을 담가도 보고, 하얀 모래사장에 뛰어내려 한참 동안 걸어가면서 온몸을 쭉

편 채 소리도 질러보며, 옷을 활활 벗어 던지고 수영도 해보고, 그물을 던져 고기를 잡아도 좋다. 또 강 언덕에 있는 주막에 올라가 백마강의 별미인 우어(이 우어는 대동강과 한강과 금강 세 곳에서밖에 나지 않는다)회에 맥주잔이나 마시기도 하고.

이렇게 천천히 백마강 뱃놀이를 즐기노라면 이른 석양에 대왕벌(王場里)에 다다라 부여 규암 엿바위(窺巖津)를 가까이서 바라볼 수 있다. 물론 빨리 서두르면 강경에서 부여까지 세 시간이면 충분하다. 하지만 결코 그렇게 할 필요는 없다.

엿바위에 배를 댄 후 배에서 내려 조금 걷다 보면 자온대(自溫臺, 백마강에 솟아 있는 높이 20m의 바위)가 있다. 그리고 수북정(水北亭, 백마강 절벽에 있는 누각)이 언덕에서 강물을 굽어보며 위태롭게 서 있다. 이 두 곳에 발을 잠시 멈추었다가 다시 엿바위 나루를 건너 한 오 리쯤 가다 보면 그곳이 바로 백제의 옛 도읍지인 부여이다.

부여! 부여! 우리 역사 가운데 가장 눈물겨운 멸망의 페이지를 장식한 백제의 옛 수도!

한번 발을 들여놓으면 길가에 성긴 이름 모를 풀 포기와 하늘에 떠다니는 무심한 구름까지도 창연한 빛으로 우리를 맞이하는 듯하다. 이에 도착 후 바로 옛 유적을 찾아가는 것도 좋다. 하지만 그것은 잠시 저녁으로 미루고, 우선 여관을 찾아 잠시 쉬는 것이 좋다.

그리고 저녁을 먹은 후 달이 솟아오를 때쯤 부소산(扶蘇山)에 올라 천고의 한을 머금은 비각(碑閣) 속에 말없이 서 있는 유인원(劉仁願, 백제를 멸망시킨 당나라 장수) 장군 무덤을 둘러보고 사자루(부소산성에서 가장 높은 위치에 자리 잡고 있는 누각)에 오른다.

사자루는 근래에 지어진 것으로 유적이라 일컬을 정도는 아니지만 바로 발밑으로 흐르는 백마강의 푸른 강물을 굽어보며 발길을 두루 옮기기에 알맞은 곳이다. 시취(詩趣, 시적인 정취) 깊은 이가 술잔이나 기울이고 시나 읊으면서 고요히 잠자는 옛 부여 일대를 상상하노라면 형언할 수 없는 깊은 명감(銘感, 마음속 깊이 새김)을 맛볼 수 있다.

달이 밝고, 먼지가 걷혔으며, 주흥(酒興)까지 띠었으니, 밤이야 깊건 말건 오래도록 놀다가 돌아오는 길에 평제탑(平濟塔, 백제 5층 석탑)을 만날 수 있다. 만일 이 탑이 귀가 있어서 사람의 말을 들을 수 있다면 발버둥을 치게 할 정도로 원통한 이름을 듣고 있는 왕흥탑(王興塔, 왕흥사지에 있는 탑)을 잠시 구경하는 것이 좋다. 또 길이 험하기는 하지만 사자루에서 바로 고란사(皐蘭寺, 부소산에 있는 백제 말기의 절)에 들려보는 것 역시 좋다.

사흘째 되는 날.

느지막이 일어나 다시 몇 군데 구경할 만한 곳을 둘러본 후 배를 매어두었던 엿바위로 나가서 돛을 고쳐 달고 공주(公州)를 향해 떠난다.

수북정을 돌아보며 약 십 분 정도 가다 보면 오른쪽 강 언덕 산이 다다른 곳에 깎아지른 어마어마한 바위가 오랜 비바람에 시달린 자취로 고색창연하게 서 있으니, 이것이 바로 낙화암(落花巖)이다.

낙화암! 낙화암! 백제의 마지막을 말없이 지켜본 낙화암! 수많은 가인

재자(佳人才子, 재주 있는 남자와 아름다운 여자를 아울러 이르는 말)를 울리는 낙화암! 말 없는 그 앞을 배 역시 무심히 지나간다.

잠시 후 강물은 더욱 맑아지고, 강 언덕의 가늘고 고운 모래는 더욱 희어진다. 역시나 어제처럼 즐겁고 시원하다. 그러다가 날이 저물고, 물새가 강물을 차고 날아들어 지저귈 때쯤이면 공주에 다다른다.

오늘 저녁은 야영이다. 주막에 들어가서 잘 수 없는 것은 아니지만, 여행의 재미는 역시 야영이 아닐까 싶다. 더욱이 주막은 음식이 나쁠뿐더러 뭇 사내들이 끌어들이는 모기와 빈대, 벼룩 역시 적지 않다 보니, 야영만큼 좋은 것이 없다.

우리는 가지고 간 천막을 이용해 강 언덕 양지바른 곳에 자리를 잡았다. 그리고 주막에 가서 나무를 얻어다가 어설픈 솜씨로나마 저녁밥을 지었다. 만일 생선을 살 수 있다면 주막의 주모(酒母)에게 국을 끓여달라고 하는 것도 좋다. 그렇게 만들어진 음식을 여럿이 둘러앉아 먹노라면 조선호텔 정식보다도 몇 곱절은 훨씬 더 낫다.

저녁을 먹고 나면 동쪽 산봉우리에서 달이 희미하게 떠오른다. 그즈음, 우리는 다시 배로 돌아와 그물질을 한다. 하지만 우리 재주로는 아무리 해도 고기를 잡기가 쉽지 않다. 할 수 없이 주막 사람에게 부탁해서 얼마간 잡아달라고 했다.

잠시 후 주모에게 고기를 회를 쳐달라고 해서 배에 오른 우리는 맥주와 함께 그것을 먹었다. 휘영청 뜬 보름달을 우러러보며, 혹은 은빛 물고기가 잠방잠방 뛰노는 물을 굽어보며, 한 잔 두 잔 마시는 술의 맛이란 소동파가 적벽에서 놀던 것에 절대 뒤지지 않았다.

그렇게 해서 마음껏 마시고, 마음껏 놀고, 노래 부르고, 소리치고 난 후 적이 밤이 깊어지면 가지고 간 담요를 덮고 마지막 밤을 새운다. 그리고 다음 날 아침, 어제저녁에 먹고 남은 생선으로, 역시나 주모의 손을 빌려 얼큰하게 국을 끓여 밥을 먹은 후 다시 배를 띄워 올라간다.

역시나 어제 및 그제와 똑같은 하루다. 똑같은 일을 사흘이나 되풀이하면 싫증이 날 것도 같지만, 실제로 당해보면 그렇지도 않다. 도리어 얼마든지 계속하고 싶어진다.

석양 무렵, 공주 곰나루(熊津)에 도착한다. 거기서 조금만 더 가면 공주 배다리로, 백마강 뱃놀이의 종착지이다. 우리는 이곳에서 배와 작별한 후 여관을 찾아 하룻밤 더 신세를 지기로 했다.

만일 시간이 허락된다면, 다음 날 배다리에서 뱃놀이를 즐기는 것도 좋다. 적잖이 번화한 곳인 만큼 뱃놀이 역시 도회 풍조로 즐길 수 있다.

이것으로 우리의 피서는 모두 끝이 났다. 이에 자동차로 조치원까지 나와서 밤차를 타고 다시 서울로 돌아왔다.

끝으로, 필자의 붓이 서툴러 독자의 마음이 당기도록 재미있게 글을 쓰지 못한 점 송구하게 생각한다. 그러나 누구나 실제로 한 번 다녀오게 되면 그 참맛을 알 게 될 것이다.

- 1927년 7월 〈현대평론〉

향연
_채만식

신천총 영감은 오늘도 어제처럼 그리고 그저께처럼, 엊그저께처럼 달포(한 달이 조금 넘는 기간) 전부터 시작해 매일 일과삼아 해오던 대로 천천히 걸어서 문 안으로 들어갔다. 그다지 급하게 온 것도 아닌데 황토마루 네거리에 도착하니, 등이 적잖이 땀에 젖었다.

삼포에서 여기까지 십리 길. 젊은 사람들과 달리 파근하게(힘이 빠져 노곤하고 걸음이 무겁게) 지친 폼이 금방이라도 길바닥에 드러누울 듯했다.

내일모레가 단오(端午)니, 언감생심 모시야 생각도 못 하지만 인조라도 항라(亢羅, 명주·모시·무명실 따위로 짠 피륙의 하나) 두루마기 하나쯤은 입었어야 했다. 지금 입고 있는 이 당목 두루마기는 철도 아니거니와 무겁고 덥기 그지없다.

거리의 풀과 나무가 여름을 알리고 있었다. 푸른 나뭇잎들이 제법 그늘을 만들었다. 여름인가 하면 겨울같이 겁이 났다. 하기야 여름이 오나,

봄이 가나 뉘우칠 게 없는 늙은이로서는 그다지 특별할 게 없다. 다만, 옷이 무거운 데 비해 더위가 갈수록 심해지니, 그것이 걱정이었다. 특히 오늘 같은 날은 삼복중이라고 해도 곧이들을 만큼 무덥다.

한데 신천총 영감은 그 길을 십 리나 걸어왔다.

이제 다 왔다. 마음이 놓였다. 하지만 그늘에 들어가 쉬는 대신 어서 그곳으로 가고 싶었다.

두 시다. 딱 맞춰 온 터다.

○○일보사 뒷문을 살핀다. 아무것도 없다. 다만, 부민관 뒷문 옆에 누군가의 결혼식을 알리는 작은 벽보가 하나 붙어 있다. 먹물이 흥건한 것이 쓴 지 얼마 되지 않은 듯했다.

○○○군
결혼식장
○○○양

결혼식장 안으로 사람이 꼬리를 물고 들어갔다. 영감 역시 그 뒤를 밟았다.

오늘 결혼식을 올릴 청년이 허리를 굽히면서 공손히 인사를 건넸다.

"어서 오십시오. 바쁘실 텐데, 찾아주셔서 감사합니다."

또 한 사람은 노랑꽃을 가슴에 달아준다.

"신랑 신부는 아직 안 왔소?"

"네, 아직…… 아마 금방 올 것입니다."

"날이 좋아서 참 다행이오!"

"네, 날이 좋아서……"

이런 문답을 인사 삼아 나눈 후 영감은 3층에 있는 식장으로 올라갔다. 벌써 안팎 손님이 많이 모였다. 예식이 시작되는 것을 기다리는 것도 지루했지만, 예식 역시 지루하기 그지없었다. 신부의 걸음은 어찌 그리 늘어지며, 주례의 이야기는 어찌 그리 길고, 축사와 축전은 또 어찌 그리 많은지.

겨우 예식이 끝나고 다른 손님들과 함께 밖으로 나왔을 때는 배가 허리에 착 붙고 말았다. 시계를 올려다보니 세 시 반이 지나고 있었다.

자동차가 연락부절(자주 오고 가서 끊이지 아니함)로 오고 가고 있었다. 젊은이 하나가 '어서 타시라'며 공손하게 허리를 굽혔다. 배가 고프던 터에 식당까지 걸어갈 일이 여간 걱정이 아니었는데 천만다행이었다.

예식 때보다 더 지루하게 기다린 끝에야 겨우 식당 안에 자리를 잡았다. 하지만 잔치에서는 음식을 먹으면서도 축사를 했다. 그것 역시 귀찮기 그지없었다.

영감은 우선 앞에 놓인 접시에다가 이것저것 음식을 담았다. 전유어, 편육, 생전복, 적, 민어회, 닭조림, 제육조림, 생선찜, 떡……

그 밖에도 음식이 여간 많은 것이 아니었다. 족편(쇠족 등을 푹 고아 석이버섯·알지단·실고추 등을 뿌려 식혀서 응고시킨 전통 음식)이 있나 하고 둘러보았지만 보이지 않았다.

전유어는 연해서 좋았고, 제육조림은 진해서 좋았으며, 닭조림은 뼈는 성가셔도 뒷맛이 감칠맛 있어서 좋았다. 민어회는 산뜻했지만 멀어서 고개를 늘리고 기웃거리니, 그 앞에 있던 젊은이가 접시째 집어주면서 이렇게 말했다.

"이것 좀 잡숴보십시오."

"자네도 먹지 내게 다 주나?"

짐짓 사양했다.

그러자 그가 이번에는 초고추장을 건네며 말했다.

"맛이 정말 좋습니다."

음식이 어지간히 동난 뒤, 영감은 비로소 국수를 먹기 시작했다.

국수 다음에는 떡에 꿀을 찍어서 먹었으며, 그다음에는 사과 하나를 집어다가 먹지 않고 앞에 놓아두었다.

빙 둘러보니 접시들이 대부분 깨끗이 비어 있었다. 그에 맞춰 손님 역시 하나둘씩 집으로 돌아갔다. 그러니 자리도 제법 이빨이 빠졌다.

적당한 시기였다. 이에 손수건—이라기보다 보자기와 같은 헝겊—을 펴놓고서 음식을 싸기 시작했다. 사과도 잊지 않았다.

맛있는 음식을 배불리 먹고 나니, 몸이 나른했다. 그래도 이제 그만하고 일어나야 했다. 갈 길이 바쁘기 때문이다.

그때 옆에 앉은 젊은 친구 하나가 담배를 피워 문 채 연기를 푹푹 내뿜었다. 어찌나 냄새가 향긋한지 발이 쉽게 떨어지지 않았다. 아까부터 입 안이 텁텁해서 담배 생각이 간절하던 참이었다.

"거, 담뱃불 좀 빌립시다."

영감은 조끼 호주머니에서 담뱃갑을 꺼내 든 채 젊은 친구를 쳐다보았다.

"네, 여기 있습니다."

하지만 담뱃갑을 연 뒤 실없이 웃고 말았다.

"참, 담배가 없군! 담배도 없으면서 불을 빌렸어. 허허허…… 옜소, 불도로 넣으시오. 늙으면 이래서 못 쓰는 법이야! 허허허."

그러자 이를 지켜보던 젊은 친구가 제 담뱃갑을 내민다.

"이걸 피우시지요?"

"거, 미안해서……"

"괜찮으니, 피우십시오."

"그럼, 어디 한 대만……"

"젊은 놈이 피우던 것을 드려서 되려 죄송합니다."

"천만에요!"

향긋한 담배까지 피워 물고 아래층으로 내려오니, 여럿이 늘어서서 배웅을 하고 있다.

"왜 벌써 가시려고요? 좀 더 계시다 가시죠."

"예, 좀 가볼 데가 있어서…… 거, 날이 좋아서 정말 다행이오."

"네, 날이 참 좋아서……"

"그럼, 잘 먹고 갑니다."

"네, 안녕히……"

그러면서 시커멓게 늘어놓은 구두 틈에서 자신의 낡은 고무신을 찾아 신고 문 앞으로 나섰다.

이 정도면 매우 만족스러웠다. 비록 딸이 부탁했던 족편이 없어서 섭섭하긴 했지만 그 대신 생전복이 있으니 괜찮다.

십 리 길을 다시 허덕허덕 걸어갈 일이 답답했지만, 지금은 배가 든든해서 올 때보다는 한결 마음이 가벼웠다.

문 앞을 나와서 다시 한 번 돌아보니, 이런 '문구'가 문 옆에 쓰여 있다.

○○○군

결혼식 피로연회장

○○○양

○○○ 군이 누구며, ○○○ 양이 누군지는 모른다. 하지만 돈 꽤나 있는 집 자식들임이 틀림없다. 그러기에 결혼식 피로연도 그만큼이나 잘 차렸을 것이다. 순간, 트림이 걸게 꼬르륵하고 나왔다.

영감은 집을 향해 천천히 발걸음을 옮겼다.

-1938년 5월 14일~17일 〈동아일보〉

바다로 가자, 큰 바다로 가자

우리 이제 큰 하늘과 넓은 바다를 마음대로 가졌노라

하늘이 바다요, 바다가 하늘이라

바다와 하늘 모두 다 가졌노라

옳다, 그리하여 가슴이 뻐근하다

우리 모두 다 가자꾸나, 큰 바다로 가자꾸나.

_ 김영랑, 〈바다로 가자〉 중에서

여름 3제

_이효석

고향을 잊은 지 오래다. 하지만 삼 년만 살면 고향이라는 말이 있듯, 현재 사는 곳의 여름을 기록하는 것 역시 이 과제에서 크게 어긋나지 않으리라 믿는다.

일 번지의 감기(感起, 크게 감격하여 떨쳐 일어남)

모처럼 애써서 뜰을 다스려 놓고 집을 옮기니 일 번지다. 양철 지붕 회벽일망정 교회처럼 뾰족한 문턱 지붕 꼭대기에 바람개비를 꽂은 것은 당(堂)을 세운 교부(教父, 성직자)의 생각이리라. 향나무, 단풍나무, 장미가 뜰 앞에 조촐하게 우거졌고, 그늘 밑으로 딸기밭이 꽤 넓다. 사과밭 속을 버리고 딸기밭 속으로 온 셈이다.

북쪽에서 딸기는 봄 과일이 아닌 여름 과일이다. 화단 역시 여름이 아닌 가을의 것이다. 화단 없는 여름 아침에 이슬에 젖은 잎 사이로 불긋불

긋 엿보이는 딸기는 매우 신선한 색을 띠고 있다.

교부의 식구들은 딸기를 먹고 찬송가를 불렀을까. 나는 딸기를 먹으며 갖가지 생각에 잠긴다.

과연, 다음에 오는 사람들은 딸기를 먹은 후 뭘 할까. 딸기에 매달려 흘러가는 인생의 그림이 차례차례로 회벽에 때 묻어 전설의 이끼가 낄 날을 생각한다.

도서관에 있는 만 권의 책은 만 가지 생활을 전해준다. 하지만 그 뒤에 다시 생활이 덕지덕지 덮쳐 무한히 괴로울 것을 생각하면, 끝없는 선 위에 점 하나를 찍고 들러붙어 사는 삶이라는 것이 매우 짧게만 느껴진다.

기록으로서 과거를 아는 우리는 미래가 매우 궁금하다. 우리의 관심은 온통 미래에 있기 때문이다. 국경의 경계선이 어떻게 변하며, 여자들의 복색(옷의 꾸밈새와 빛깔)이 어떠며, 연애관은 어떻게 빗나갈까.

만일 이것을 꼭 맞추는 사람이 있다면, 그는 얼마나 위대한 예언자일까. 나아가 미래를 의지대로 창조하는 사람이 있다면, 그는 얼마나 위대한 창조자일까. 우리가 정말 원하는 것은 예언자가 아닌 이러한 창조자일 것이다. 하시만 이린 생각은 여름을 더욱 덥게 할 뿐이다.

나는 딸기를 먹으며 향나무 그늘에 앉아, 내 멋대로의 생각에 잠기면 그만이다. 그림 속의 인물을 생각하고, 작품 속의 생활을 둘러보며, 마음의 세계를 창조하면 충분하다. 바라건대, 이 그림, 작품, 마음속의 인물이 모두 뛰쳐나와 뜰에서 함께 놀 수 있다면, 이 여름이 얼마나 즐거울까.

바다

자전거— 자동차가 아니라—와 바다는 여름의 쾌미(快美, 마음이 시원스럽고 아름다움)다. 새 자전거는 새 구두처럼 마음에 든다. 싫어하던 자전거에서 미리(美理, 사물에 내재하는 아름다운 원리)를 발견하게 된 것은, 하기는 생활의 공리(公理, 일반 사람과 사회에서 두루 통하는 진리나 도리) 때문인지도 모른다. 마음에 드는 것을 고르라면 책, 악기, 석유등, 파이프, 꽃, 자전거, 구두……

자전거로 벌판을 달리면 바다까지 15분. 바다에서는 수평선 멀리 배의 기적소리가 들려온다. 뽀오오옹— 모양은 보이지 않고 소리만이 아리송하다. 쌍안경을 대면 붉은 흘수선(吃水線, 배가 물 위에 떠 있을 때 배와 수면이 접하는, 경계가 되는 선)이 보이련만, 그것보다는 아지랑이 같은 소리만 듣는 것이 훨씬 더 자연스럽고 좋다. 뽀오오옹—

해수욕장은 색채의 진열장이 아니다. 여인이 없는 해변은 조촐하기 그지없기 때문이다.

바다를 그리는 화가 부부가 있다. 제전(帝展, 국가에서 실시하는 미술대회)을 목표로 하든 말든, 살롱에 야심이 있든 말든, 내 알 바 아니지만, 여름을 즐기는 그들의 모습이 매우 귀엽다.

해가 지면 어린 것과 캔버스를 수레에 싣고, 아내가 밀면 남편은 큰 아이를 어깨에 올려 목말을 태우고 긴 모래밭을 나란히 걸어간다. 편편하지(便便——, 아무 불편 없이 편안한) 못한 말을 탄 아이는 아버지의 고수머리를 아파라 붙들고, 아내의 맨발에 걸친 하이힐 속으로는 모래가 솔솔 스며든다.

나는 이 풍경을 지극히 사랑한다. 그래서 바다를 생각할 때마다 가장 먼저 머릿속에 떠올리곤 한다. 만일 내가 화가라면 이를 주제로 한 폭의 그림을 그릴 텐데, 부족한 글솜씨로는 이것밖에 전할 수 없음이 매우 슬프다. 하지만 이는 화가 역시 마찬가지일 것이다. 거울 속의 자신을 비춰 보기 전까지는 그 자신이 얼마나 아름다운지 짐작조차 할 수 없으니 말이다.

리어카를 탄 주부

큰아이를 학교에 보내는 주부도 노란 수영복을 입고 붉은 수영 모자를 쓰니 스물 안팎의 소녀로밖에 보이지 않는다. 주부는 다리를 모래 속에 묻으면서 눈초리를 가늘게 뜬 채 걷는다. 허벅지, 팔다리, 기름 덩이 같은 가슴을 봐서는 안 된다. 수평선을 바라보며 맞장구를 치는 나의 몸 초리는 새 다리같이 가늘다.

아무리 용감하다고 해도, 여자는 소극적이기 때문에 결코 먼저 나서는 법이 없다. 이와 관련해서 나는 상대의 적극성을 기다릴 뿐이라는 주부의 연애관에 대해서 들은 적이 있다. 그러므로 모래 속에 다리를 묻는 주부의 행동 역시 여자의 소극적인 표현으로 보는 것이 옳다고 생각한다.

영문 소설의 선택과 강독(講讀, 글을 읽고 그 뜻을 밝혀 풀이함)을 내게 청하는 그. 그는 책을 빌려 가고는 돌려주는 법이 없다. 또 밤에 찾아와서 진한 차를 얻어 마신 후에도 독한 노주(露酒, 이슬처럼 받아 내린 술이라는 뜻으로, '소주'를 달리 이르는 말)를 두 잔쯤은 거뜬하게 마신다. 그리고 남편의 분부가 있을 때까지 아무 일도 하지 않고 논다.

바다의 회화란 기억에 남지 않는 법이다. 문학 이야기를 즐기는 주부에게도 모래밭의 화제는 어지럽고 복잡하기 때문이다.

주부는 자전거를 타지 못하니 오 리의 길도 멀기만 하다. 더구나 수영 후의 피곤한 몸을 이리저리 저으며 뒤틈바리(어리석고 미련하며 하는 일이 찬찬하지 못한 사람을 낮잡아 이르는 말) 같이 걷기란 보기에도 우울할 뿐이다.

주부의 독창에 나는 깜짝 놀랐다. 가게의 머슴이 타는 손수레는 채소를 싣는 것이요, 과일을 나르는 것이요— 상품을 배달하는 것인 줄밖에 모르는 내 지혜가 좁다면 좁은 것일까. 궐녀(厥女, 말하는 이와 듣는 이가 아닌 여자를 이르는 3인칭 대명사)는 자신의 제안으로 동행(同行)하는 소년의 손수레에 오른 것이다. 다리를 드러낸 채 웅크리고 앉아 앞 손잡이를 쥐고 꽤 먼 길을 가는 동안 뭇사람의 시선에도 아랑곳하지 않고 조금도 거리낌 없이 흔들리며 달아나는 모습—

나는 그녀의 독창에 놀랐고, 아울러 그녀의 용기에 감동하였다. 방안에서는 여자의 소극성에 대해서 말하였지만, 벌판에서는 더없이 용감함을 나는 발견하였다.

나는 그녀의 노골적인 구애를 아직껏 듣지 않았음을 행복으로 여기고, 앞으로는 몸을 든든히 무장해야 함을 느꼈다.

-1935년 8월 〈중앙〉

녹음의 향기

_이효석

장미

　꽃은 다 좋은 것이다. 그래서 길바닥에 밟히는 하찮은 한 송이라도 버리기 어렵다. 하지만 꼭 한 가지만 고르라면 장미를 취하고 싶다.

　모양이며, 빛깔이며, 향기며, 장미는 꽃을 대표할만하다. 장미의 상징이 공통되고 단일함도 아마 그 때문일 것이다.

　장미의 호화로운 특징은 누구에게나 즉각적이요, 선명하다. 따라서 번스(Robert Burns, 영국 시인)가 노래한 장미도, 르누아르(Pierre-Auguste Renoir, 프랑스 인상파 화가)가 그린 장미도 그 속뜻과 상징은 똑같은 것이다.

　친구 집 뜰에 봄부터 줄기 장미가 핀 것을 몹시 부러워했다. 그랬더니 기어코 두어 주일 병석에 눕게 되어, 그 장미를 몇 차례 선물 받게 되었다.

　"아침 일찍 뜰에 나가 보니, 이렇게 크고 고운 게 피었기에 혼자서 보기가 아까워 몇 가지 보냅니다. 귀엽게 봐주세요." 하는 글과 함께 분홍과 주황, 연짓빛(연지같이 붉은 빛깔) 장미를 꺾어 아이 편에 보내왔다.

어떤 선물인들 꽃만큼 좋으랴. 연짓빛 장미를 바라보며 나른한 기력에도 정신이 새로워짐을 느꼈다. 꽃을 볼 때와 음악을 들을 때처럼 사람이 살아 있는 보람을 느끼는 때도 없을 것이다.

자리에서 일어나 그를 찾으니, 뜰 안 군데군데에 줄기줄기 피어오른 만타(萬朶, 수많은 꽃송이)의 화려함이 방안에서 병에 꽂은 몇 송이를 바라볼 때의 운치와는 확실히 달랐다.

장미는 호화로운 잔칫상이다. 자연의 커다란 사치다. 욱욱한(앞뒤를 헤아림 없이 격한 마음이 불끈불끈 일어남) 향기가 숲 속에 가득 서렸다.

장미에서는 과연 어떤 냄새가 날까. 나는 항상 그것이 궁금했다. 이에 장미 송이를 코끝에 대어보니, 어떤 냄새인지 쉽게 떠오르지 않는다. 과일 냄새 같다는 데 의견이 일치되었지만, 그것이 도대체 어떤 과일인지는 누구도 단정하지 못했다. 한참 후에야 그것이 서양배(梨) 냄새와 비슷하다는 것을 깨달은 나는 무슨 큰 발견이라도 한 듯 외쳤다.

그렇다. 장미에서는 궤(櫃, 물건을 넣기 위해 나무로 네모나게 만든 그릇) 속에서 잘 익은 라프랑스(La France, 서양배의 일본식 표기법)나 바아트렛(서양배의 한 품종) 냄새가 난다. 누렇게 잘 익은 서양배의 냄새. 그것은 동양의 냄새는 아니다. 장미 냄새는 바로 유럽의 냄새인 것이다. 동양의 그 무엇도 그와 같은 것은 없다. 장미는 바로 그곳의 것이다.

장미를 보내는 예의도 또한 그런 것일까. 붉은 장미를 보내거나, 흰 장미를 보낼 때 보내는 사람의 정감의 표현이라는 것일까. 이방(異邦, 인정이나 풍속 따위가 전혀 다른 나라)의 풍속이 어떤지는 잘 모르지만, 장미를 선물하는 것은 웬일인지 이국적인 것으로 느껴지는 것이 사실이다.

하지만 장미가 수많은 꽃 중 으뜸이듯, 장미를 선물하는 것은 반갑고 좋은 일이다. 은은한 향기와 함께 그 상징이 무엇보다도 아름답기 때문이다.

사랑

마음을 주되 몸을 허락하지 않는 사랑이 있는가 하면, 몸은 수월하게 바치되 마음은 끝까지 헤치지 않는 사랑도 있다. 그렇다고 해서 이것이 모순은 아니다. 사랑에는 확실히 이 두 가지 타입이 있는 듯하다.

마음과 몸을 함께 바치고, 신령과 육체가 일치됨이 참된 사랑이라는 것은 이미 하나의 상식이다. 따라서 사료(思料, 깊이 생각하여 헤아림)의 대상으로는 진부할 뿐이다.

몸은 수월하게 바치되, 마음을 허락지 않는 것을 참사랑이라고 할 수는 없다. 정감과 심리의 전제가 없는 단순한 육체의 허락은 작은 기쁨이거나 값싼 거래에 지나지 않기 때문이다. 마음을 얻지 못할 때, 그것은 육체를 얻지 못했을 때 이상으로 섭섭하고 안타까운 것이다. 차라리 마음을 얻으면 얻었지 육체의 만족을 얻어서 뭐하랴. 서글플 뿐이다.

마음을 은연중 조용히 바치면서도 몸은 마지막까지 지키는 곳에 사랑의 진미가 있는 법이다. 마음은 이미 피차(彼此, 이쪽과 저쪽의 양쪽)의 것이지만 서로의 사정에 의해 몸만은 어쩔 수 없이 허락하지 않는 것처럼 애달프며, 아름다운 것은 없다.

내향적인 열정을 고이 기르면서 절제와 극기로 부단히 몸을 매질해가는 모습에는 종교적인 아름다움이 있다. 하지만 이는 비상한 교양과 지혜의 연마 없이는 불가능하다. 남자의 처지에서 볼 때 그런 여인은 참으로 사랑스럽고 존경해야마땅하다.

로테(괴테의 소설 《젊은 베르테르의 슬픔》의 여주인공)는 베르테르(《젊은 베르테르의 슬픔》의 남자주인공)에게 눈물을 머금은 채 이렇게 말할 것이다.

"오 년 동안 당신을 사모해오면서 한번도 당신을 잊은 적이 없어요. 당신은 제게 첫사랑이자 마지막 사랑이에요. 지금 제게 사랑이 있어도 없는 것이요, 앞으로 새 사랑이 생길 리도 없어요. 아무래도 이건 숙명인 것 같아요. 자나 깨나 당신의 모습이 눈앞에 선하고, 당신을 생각할수록 가슴이 부서져요. 이렇게 야위어 가면서 몸부림을 친들 시원할까요? 도대체 누가 사랑을 즐겁고 행복한 것이라고 했을까요? 사랑은 이렇게 괴롭고 쓰린 데 말이에요. 다음 생에 다시 태어나 또 이런 사랑을 하게 된다면, 저는 차라리 태어나지 않겠어요.

남편과 부부생활을 피한 지도 벌써 여러 해째예요. 마음속으로 다른 사람을 생각하면서 어떻게 남편에게 몸을 바치겠어요. 차라리 죽는 게 나아요. 그래서 죽으려고도 생각해봤어요. 죽으면 모든 것을 잊어버릴 수 있을 테니까요. 하지만 죽을 수도 없었어요. 아마 죽을 때까지 당신을 잊을 수 없을 거예요. 또 죽는 순간까지 당신의 환영을 마음속에 부둥켜 안고 살아가야겠죠. 그러는 수밖에 없을 거예요. 하지만 그것이야말로 정말 잔인한 일이에요. 그래서 아무 얘기도 하지 않으려다가도 이렇게 때때로 마음을 토하곤 해요. 쓸데없는 말을 하면 뭐하겠어요. 모두 거짓 말이라고 생각해주세요. 당신을 사랑하긴, 누가 사랑해요. 다 거짓말이에요, 거짓말!"

이런 사랑을 받을 수 있다면 얼마나 행복할까. 육체의 문제는 더는 아무것도 아니다. 마음의 따뜻함이 체온을 잊게 하기 때문이다.

마음은 역시 몸보다 위인 것일까. 뭐니 뭐니 해도 정신이 더 높고 귀한 것일까.

소설

한 사람을 스물다섯 해 동안 사모하고 찾아다니다가, 스물다섯 해 만에 찾아낸 날 기쁨과 흥분의 절정에서 결국 목숨을 잃었다는 소설을 읽고, 나는 울어버렸다. 괴테나 로맹 롤랑의 소설을 읽은 것 이상의 감동때문이 있다.

"이것이 사랑이다. 이런 것이야말로 사랑이라는 것이다!"

감격하고 탄식하는 가운데 눈물이 쉽사리 마르지 않았다. 그 줄거리를 소개하면 대략 다음과 같다.

본국에서도 이름 높은 영국의 귀족 부인이 러시아의 젊은 군인을 사랑했다. 일을 보기 위해 러시아를 방문했던 길에 우연히 젊은 군인을 만나 첫눈에 그를 사랑하게 된 것이다. 하지만 그에게 구혼(求婚, 결혼을 청함)했다가 거절당하고 말았다. 이에 훗날을 생각하고 다시 본국으로 돌아갔지만, 곧 전쟁이 일어나고 말았다. 그리고 전쟁 후 다시 러시아를 찾았지만, 그 젊은 군인은 행방불명된 뒤였다—

　이때부터 부인에게 끝없는 순례의 길이 시작된다. 그렇게 해서 종적도 모르거니와 죽었는지 살았는지조차 모르는 그를 찾아 삼 대륙을 건너고, 산과 물, 사막을 넘고 지나면서 십여 년의 세월을 허비한다. 그리고 마침내, 동양의 어느 거리에서 호텔 청소부로 일하고 있는 그를 발견하게 된다. 감격과 흥분, 눈물로 뒤범벅이 된 부인은 다시 그에게 결혼해줄 것을 청하고, 결국 승낙받기에 이른다. 하지만 그 흥분이 너무 컸던 것일까. 돌연 몸을 떨고 침대에 누운 채 그대로 세상을 떠나버리고 마는 데……

결코 식지 않은 열정과 거룩한 희생, 순교자적인 지조— 이 세상의 것이 아닌 듯싶다. 땅 위의 것이 아닐 듯싶다. 사람이 어떻게 태어나면 그렇게 열정을 다할 수 있으며, 그런 헌신적인 사랑을 할 수 있을까. 사랑을 바치는 이도 성자이지만, 사랑을 받는 이도 사람이 아닌 이상의 타신(他身)이요, 영감의 근원이라 할 만하다.

　아무리 생각해도 그 부인은 이 세상 사람이 아니다. 적어도 오늘날의 여인은 아닌 것이다. 지구 구석구석을 찾아봐도 그런 여인은 없을 것이다. 경박한 습속 속에서 이런 성자를 찾으려는 것 자체가 어리석은 짓일

지도 모른다. 하물며, 이런 사랑을 꿈꾸는 것은 더없이 어리석은 짓일 법하다. 하지만 꿈꿔보는 것만도 얼마나 기꺼운 일이랴. 피가 솟고 눈물겨운 일임이 틀림없다.

꿈꾸는 것조차 어리석은 짓이라면 백 보 물러서서 소설로라도 한번 써보고 싶다. 그래서 다른 드로테아(소설 속 부인의 이름) 부인을 창조해보고 싶다. 이 정도의 꿈이라면 용인되어도 좋을 듯하다.

-1941년 8월 〈조광〉

소하일기

_이효석

○월 ○일

열 시쯤 일어나 사랑문을 여니, 손님도 잠이 깬 지 오래인지 그제야 침대에서 일어난다. 얼핏 보니, 피곤이 덜 풀린 듯하다. 그도 그럴 것이 새벽세 시가 넘어서야 돌아왔다— 요 며칠 동안 계속해서 이런 행동이 반복되었다. 따라서 그의 아침은 오전 10시를 기점으로 시작되었다.

Y는 서울에서 온 손님으로, 며칠 동안 그의 말벗이 되기 위해 나와 K, C가 함께 어울리게 되었다. 그러던 중 어제 함께 박물관을 찾았다. 하지만 월요일이어서 휴관. 그 길로 뱃놀이를 떠나 한밤이 되어서야 돌아왔고, 거기서 또 몇 집을 돌아다니다 보니, 어느덧 새벽 세시가 되었다. 이에 부랴부랴 서둘러 돌아오다 그만 소낙비를 만나 아래통을 그만 흠뻑 적시고 말았다.

그래서인지 오늘은 한결 더 피곤했다. 길을 떠나면 별로 하는 일 없이

도 쉽게 피곤해지는 법이다. 자유롭게 쉴 시간이 거의 없기 때문이다.

이날은 좀 늦게까지 손님에게 쉴 시간을 주려고 했다. 하지만 그것도 이내 허사가 되고 말았다. 아침 식사를 마치자마자 K와 C가 박물관에 가자며 찾아왔기 때문이다. 이에 우리는 차를 마시기가 바쁘게 다시 한패가 되어 집을 나섰다.

K와 C는 각자 집을 떠난 몸으로, 남는 것이라곤 시간뿐이었다. 나 역시 여름휴가 기간이어서 퍽 한가롭긴 했다. 그러나 놀면서도 마음은 항상 불안했다. 무거운 뭔가가 마음을 조여 왔기 때문이다. 유유자적할만한 넉넉한 마음의 수양이 필요하다는 걸 알면서도 그것을 실천하기가 매우 힘들었다.

사실인즉, 휴가 동안 Y와 함께 만주 쪽으로 여행을 가기로 했다. 하지만 Y에게 그만 사정이 생겨 연기해야만 했다. 그 대신 Y가 이곳으로 며칠 동안 놀러온 것이다. 계획이 어그러져 버리니, 방심이 되면서 일이 영 손에 잡히지 않았다. 한동안 할 일 없이 지내는 것도 유유자적의 수양이건만 마음이 편치 못함은 어쩔 수 없었다.

이곳에 온 지 4년이 되었건만, 박물관 구경은 이번이 처음이었다.

낙랑과 고구려 시대의 유물, 유적, 고분 등을 보는 동안 찬란한 환상이 솟으면서 갖가지의 의욕을 느꼈다. 낙랑의 문화는 결국 한인(漢人, 중국 한족)의 소산이었던 듯싶다. 고구려의 유물은 낙랑의 그것에 비하면 기품과 성격이 훨씬 더 거칠고 굳건했다. 생각건대, 여기서부터 우리 선조의 독창이 시작되지 않았을까 싶다.

어떻든 이 두 시대에 살았던 사람들의 업적은 놀랍기 그지없다. 회화 등에 나타난 품격으로 보면 로마 초기 문화와 비교해도 전혀 손색이 없기 때문이다. 색상자의 색과 모양이며, 고분의 벽화는 그 색채의 전아함과 의장의 탁월함이 하나의 경이(놀라움) 그 자체였다. 이런 유물을 볼 때면 이 땅에 태어난 것이 자랑스럽다는 Y의 말이 결코 허튼소리가 아님을 절실하게 느낄 수 있다.

박물관을 나온 우리는 고금의 문화에 관해서 이야기를 나누다가, 또 대낮부터 술타령을 시작하였다. 술을 구해서가 아니라 그렇게밖에는 시간을 보내는 방법이 없었기 때문이다. 이집 저집으로 자리를 바꾼 것만도 서너 번. 그다지 신기한 것도, 특별할 것도 없음에도 몇 번씩 자리를 옮겼다. 그러고 보면 자리를 옮기는 것 역시 하나의 버릇이 아닌가 싶다. 그런가 하면, 나이가 들어감에 따라 술집에 드나드는 것에도 점점 흥미가 없어져 간다. 이를 망발이라고 생각하는 사람도 있을 것이다. 하지만 이제 좀처럼 흥미를 끄는 여자도 없다. 이것이 바로 나이 듦의 변화가 아니고 뭐겠는가. 슬픈 일인지, 반가운 일인지는 알 수 없지만 말이다.

그래도 이럭저럭 객담을 건네는 동안 밤이 깊어 거리에 나왔을 때는 새벽 두 시가 넘어 있었다. 서둘러 돌아가기 위해 Y의 손을 붙잡아 끌었다. 하지만 K가 Y를 붙잡고 좀체 놓아주지 않았다. 결국, Y는 또다시 K의 집으로 가게 되었다. C와도 헤어지고, 혼자 걷는 길이 피곤하고 헛헛했다(뭔가 채워지지 않고 허전한 느낌).

○월 ○일

Y를 기쁘게 할 일이 생겼다.

시골에서 온 한 문학부인이 친구를 찾아왔던 길에 Y의 소식을 듣고 이야기를 나누고 싶어 한다는 소식을 아내가 전해준 것이다.

급히 Y를 데려와야 했다. 이에 나는 점심쯤 되어 K의 집을 찾았다. 하지만 그곳에 Y는 없었다.

K에 의하면, Y는 아침 여덟 시 차로 떠났다고 했다. K가 전해준 명함에는 ─ 암만해도 오늘은 귀경해야겠고, 이렇게밖에는 형들의 호의를 물리칠 수 없으므로 ─ 라는 글이 쓰여 있었다. 오늘 저녁 양덕온천에 함께 가자는 언약도 있었는데 ─

여중(旅中, 여행 중)인지라 집이 퍽 궁금했던 모양이다. 나로 보면 섭섭한 일이요, Y로 보면 안타깝게도 문학부인과의 이야기를 나눌 수 있는 좋은 기회를 놓친 것이다. 그 득실은 두고 봐야겠지만 하루의 흥분을 물리쳐 버린 것이, Y가 나중에 들으면 아마도 통분할 일임이 틀림없었다.

집으로 갔다가 다시 피서지로 떠나 소설을 쓰겠다는 것이 Y의 계획이었다. 더위를 무릅쓰고 소설을 써야 한다는 것 ─ 거기에는 무슨 사정이 있는 듯했다. 연(年) 전만 해도 소설을 쓰느니, 뭐니 하던 말이 귀에 거슬리더니, 요즘에 와서는 그 뜻이 적잖이 달라졌기 때문이다. 문학이 뭇시선의 대상이 되고 인식이 달라지자 건설의 뜻이 새로 덧붙여졌다. 이에 따라, 문학을 안이하게 생각할 수 없게 되었을 뿐만 아니라 어렵고 준엄한 것으로 고쳐 생각하지 않으면 외부로부터 조소를 당할 수도 있게 되었다. 문학의 수양은 바야흐로 본격의 대도를 내닫게 된 것이다. 이때 소설을 쓰느니, 창작하느니 한다는 말이 비로소 격에 맞고 품에 어울려 들리며 소홀하지 않은 뜻을 그 속에서 길러낼 수 있다. 대작을 쓴다는 말이 아니라 걸작을 쓴다는 말이요, 그 일편(一片)으로서 문학 전체를 대표할 만한 역량 있는 것이라야 한다. 이에 따라, 문학의 길이 대단히 어려운 것이 되었으며, 따라서 문학인이 된 보람도 느끼게 되었다. 좁은 우물 속의 문학이 넓은 외계의 조명을 받게 된 까닭이다.

K를 찾아왔던 C 역시 Y를 놓쳐서 헛걸음하고 말았다. 이에 우리 세 사람은 다방으로 향했다. 더울 때는 집에 있기도, 거리에 나가기도 곤란했다. 또 집에 모이면 발걸음이 자연스럽게 밖으로 향했다.

우리는 간단히 점심을 먹은 후 K는 실망해서 집안일을 보러 들어가고, C와 나는 영화관을 찾았다. 알리바바의 옛이야기와 근대적인 이야기를 혼합한 에디 캔터(미국의 가수 겸 코미디언)의 희극이 생각보다 재미가 없었다.

영화관을 나와 K 식당에서 저녁을 마치고 나니 날이 어두워지면서 금방이라도 소낙비가 쏟아질 것 같았다. 아니나 다를까 전차로 두어 정류장 지나는 동안 비가 퍼부었다. 하는 수 없이 중간에 내려 H 백화점 식당에 올라가 비를 피하였다. 한데, 그 비가 인연이 되어 거기서 의외의 인물을 만날 줄이야. 아침부터 시작된 실의의 봉창을 거기서 대라는 계시였던 듯도 하다. C와 함께 그곳을 나와 결국 하루 저녁 무료한 그들의 말벗을 해주었다.

○월 ○일

연일 계속된 술타령에 몸이 말할 수 없이 피곤했다. K와 C의 멀쩡한 기력에는 한 수 접을 수밖에 없을 것 같다. 정오가 넘어 두 사람이 나를 찾아왔다. 그들을 대하면 피곤도 온데간데없이 사라지고 만다.

우리는 함께 강으로 나갔다. 그러고 보니 두 사람에게는 강에 나가는 것이 일과 중 하나였다. Y가 다녀간 까닭에 잠시 끊겼던 것일 뿐. 이제 그 일과가 다시 시작되매, 나 역시 한 몫 끼게 된 셈이다. 사실 소하법(銷夏法, 여름을 나는 법)으로는 이만 한 것이 없다. 하루 만에 나 역시 그 참맛을 완전히 알게 되었으니 말이다.

우리는 단골 가게에서 시원한 맥주 반 타(半打, 6병)와 통조림 등을 산 후 단골 뱃집에서 3인승 보트를 빌렸다. 그리고 앞 강을 건너 반월도 옆 여울로 배를 끌어올려 뒷 강에 이르니 반날 동안의 납량터(納凉—, 여름에 더위를 피해 시원한 느낌을 주는 곳)가 되기에 충분했다. 앞 강과는 달리, 물이 맑고 얕은 데다가 바닥에는 흰 모래가 깔린 것이 호젓한 수영장이 따로 없었다.

우리는 방향도, 목직도 없이 보트를 물의 흐름에 맡겼다. 그것만으로도 흐뭇하고 충분했다. 물은 왜 그리 흔하고 즐거운 것일까. 아마 여름의 혜택으로는 물이 으뜸일 것이다. 이 풍부한 쾌미(快美, 마음이 시원하고 아름다움)가 주는 자유를 생각하면 신기하기 그지없다. 한평생을 살면서 이렇게 흡족한 다른 무엇을 또 차지할 수 있을까. 아무리 생각해도 이것은 과분한 혜택인 듯하다.

머리만 물 위에 내놓은 채 수평선을 바라보면 수목(樹木)이 만드는 선과 구름, 그리고 물―이것뿐이다. 지저분한 협잡물(挾雜物, 부정한 것이 섞이어 깨끗하지 아니한 물건) 속에서 선택된 이 깨끗한 재료가 한계에 꽉 차면서 선열한 느낌이 전신에 흐른다. 구름과 수목과 물은 좋은 것, 지성을 동심으로 환원시키는 것, 이런 자연을 대할 때마다 감탄 밖에는 더 응대할 방법이 없다. 부질없이 감탄만 하는 것이 감상주의 같지만, 이 감탄의 동심을 잃어버렸을 때의 비참함을 생각해보라. 그러니 평생을 감탄으로 지낼 수 있는 인생은 두말없이 행복한 것이리라. 따라서 야박한 마음속에 지혜를 감추고 한 줌의 감탄조차 잃어버리는 것이야말로 위험하고 불행한 일이다.

우리는 강을 헤엄쳐 건너 언덕 위 마을에 이르러 풋옥수수통과 감자를 바구니에 가득 사 가지고 돌아왔다. 그러나 전원의 향기만 만끽했을 뿐, 배 안에서는 익힐 방법이 없었다. 할 수 없이 해가 그늘에 있을 때 병 속의 여향(餘香, 남아 있는 향기)을 정복한 후 배를 끌고 다시 강을 올라갔다. 올해 들어 겨우 수영을 터득해 그 실력이 10m 거리에 이르게 된 것도 유쾌한 일 중 하나였다―강물이 더는 무서워 보이지 않는 것도 실상은 이 때문이었는지 모른다.

한가할 때의 화제로는 《데카메론》이나 《캔터베리테일》만한 것이 없다. 이 두 편의 고대 문학은 인간의 본성에 대해서 날카롭게 분석한 것으로, 출간 당시는 물론 지금도 많은 사람으로부터 크게 회자되고 있다. 그러나 나는 이날 한 귀로 듣고 다른 귀로 흘리고 말았다. 일감을 갖고 나갔기 때문이다.

교정(校正, 교정쇄와 원고를 대조하여 오자, 오식, 배열, 색 따위를 바르게 고침)처럼 급하고 재미없는 일도 없다. 몇백 페이지에 이르는 원고를 며칠 동안 틈틈이 봤지만 쉽사리 끝나지 않아 하는 수 없이 거기까지 가지고 나간 것이다. 물이 튀어 군데군데 붉은 상처를 남긴 재교 고(稿)를 가지고 집으로 돌아오니, 일곱 시가 조금 넘어 있었다.

○월 ○일

오늘도 두 사람이 나를 찾아왔다. 그러나 점심을 아직 먹지 않았다며 먼저 나갔다. 나는 30분쯤 있다가 차를 타고 단골 보트가게로 갔다. 그곳에서 한참을 기다렸지만 두 사람은 나타나지 않았다.

무슨 일인가? 하고 의아해할 즈음, 그러니까 거의 한 시간이 지나서야 두 사람이 나타났는데, 웬 매생이(노로 젓게 된 작은 배)같이 생긴 것을 타고 있었다.

거리에서 우연히 만난 친구에게 빌렸다는 것이었다. 그렇지 않아도 얼마 전부터 보트 시낭에 싫증을 느끼고 있던 터였다. 해서 한 번쯤 매생이 놀음을 하고 싶었다. 그런데 두 사람이 그것을 눈 깜짝할 사이에 구해온 것이다. 배 위에는 이미 고기를 잡은 후 어죽을 끓일 수 있는 도구가 준비되어 있었다. 한 가지 빠진 것이 있다면, 가장 중요한 닭이 없다는 것이었다. 어죽은 물고기로 쑤는 것이 아니라 닭고기로 쑤는 것, 그러니 닭이 없는 어죽은 있을 수 없었다.

잠시 후 강을 저어 올라가다가 우연히 보트를 탄 B를 만나 네 사람이 한패가 되어 닭 사냥에 나섰다. 하지만 어디에서도 닭을 쉽게 구할 수 없었다. 그러던 중 뱃사람 하나가 우리를 불쌍하게 여겼던지 장에서 구해 온 닭과 술, 조미료를 조금 나눠주었다. 만일 그를 만나지 못했더라면 이날 천렵은 꿈도 꾸지 못했을 것이다.

반월도 기슭에 터를 잡았을 때는 이미 해가 저문 뒤였다. 강의 습속은 그렇게 유유하고, 무신경하며, 한가로운 것이다. 낮의 천렵이 밤에 이르러도 좋은 것이며, 닭 한 마리를 구하기 위해 몇 시간을 보내도 괜찮다. 시간의 관념이 거리와는 완전히 뒤바뀌어 조바심을 일으키지 않기 때문이다. 거기에 강의 수양(修養)이 있는 것이요, 그 맛에 강을 찾는 것인지도 모른다.

천렵은 일종의 분업이다. 따라서 쌀을 이는 사람, 불을 때는 사람, 재료를 준비하는 사람 등 각자 해야 할 일이 있다. 그중 가장 힘든 일은 살아 있는 닭을 잡는 것이다. 오늘 그 일을 맡은 것은 K였다. 이에 그는 죽을힘을 다해가며, 그것도 S의 조력을 받아 겨우 닭을 잡는 데 성공했다.

그나마 요리 솜씨가 뛰어난 C와 S 덕분에 죽은 진미(珍味, 빼어난 맛)였다. 이는 아전인수가 아니요, 분풀이는 더더욱 아니다. 장경관의 어죽보다도 곱절은 더 훌륭했다. 소주와 풋고추— 어죽에는 이것이 들어가야 제격이다—가 들어가니 얼큰한 것이, 뱃놀이의 즐거움 중 최고는 어죽 놀이가 아닌가 싶다.

식사를 마칠 무렵, 보름달이 누르스름하게 솟기 시작했다. 적벽부(赤

壁賦, 필화 사건으로 죄를 얻어 황저우에 유배되었던 소동파가 1082년 가을(7월)과 겨울(10월)에 황저우성 밖의 적벽에서 놀다가 지은 작품. 7월에 지은 것을《전(前)적벽부》, 10월에 지은 것을《후적벽부》라고 한다)를 외면서 강변을 바라보니, 적벽의 운치가 따로 없었다. 모란봉의 독고(獨高)한 자태며, 강기슭으로 길게 뻗쳐 내려간 등불이며, 강 위에 뜬 무수한 흥겨운 배들의 풍경은 적벽 이상의 것이었다. 아직 가 보지 못한 서구의 수도 베니스의 풍치인들 이에 더할 것 같지 않았다.

조수(潮水, 밀물과 썰물)가 들어와 호수같이 고요한 강을 저어 내려갈 때는 참으로 수향(水鄉, 강이나 하천이 아름다운 지역)이라는 느낌이 들었다.

달그림자가 강기슭에서 뱃전까지 길게 이어졌다. 그래서인지 지금까지 본 것 중 오늘 밤의 운치가 가장 아름다웠다. 너무도 아름다운 것이 강놀이의 마지막일 듯한—아닌 게 아니라 마지막이 될지도 모르는 것은 K가 내일 십여 일 동안 양덕(陽德)으로 떠나기 때문이다. 가서 좋은 일이 있으면 편지로 급히 우리를 부르겠다고 했지만, 어쨌든 그가 빠지면 강놀이 역시 잠시 중단되어야만 할 것이다. 하기는 너나 한 것 없이 지친 터에 얼마 동안은 휴식이 필요하기는 하다. 몸도 너무 탔다. 멀끔하게 벗어지려면 또 올해가 다 가야 할 것이다.

-1939년 8월 7일~8월 10일 〈매일신보〉
*소하(銷夏)-여름나기

그 누가 하늘에 보석을 뿌렸나

작은 보석 큰 보석 곱기도 하다

모닥불 놓고 옥수수 먹으며

하늘의 별을 세든 밤도 있었다.

별 하나 나 하나 별 두울 나 두울

논뜰엔 따옥새 구슬피 울고

강냉이 숫대 바람에 설렐 때

은하수 바라보면 잠도 멀어져.

_노천명, 〈저녁별〉 중에서

여름밤

_**노천명**

앞벌(마을 앞쪽에 있는 벌판) 논에선 개구리들이 소낙비처럼 울어대고, 삼밭에서 오이 냄새가 풍겨오는 저녁. 마당 한 귀퉁이에서는 범산덩굴(황폐한 곳에서 자라는 한해살이 덩굴풀), 엉겅퀴, 다북쑥이 생채로 들어가 한데 섞여 타는 냄새가 난다. 제법 독기 있는 냄새다. 그러나 그것은 모깃불로 쓰일 뿐만 아니라 값진 여름밤의 운치를 지니고 있다.

달 아래 호박꽃이 환한 저녁이면 군색스럽지(보기에 모자라고 옹색한 데가 있는) 않아도 좋은 넓은 마당에는 모깃불이 피워지고, 그 옆으로 멍석이 깔린다. 그리고 잠시 후, 거기에선 여름살이 다림질이 한창 벌어진다. 멍석에 앉아 보면 시누이와 올케도 정다울 수 있고, 큰 아기에게 다림질을 붙잡히며, 나이 지긋한 어머니는 별처럼 먼 이야기를 들려주기도 한다. 함지박(통나무의 속을 파서 큰 바가지같이 만든 그릇)에는 갓 쪄서 김이 모락모락 나는 노란 강냉이가 먹음직스럽게 담겨 나온다.

쑥댓불(쑥을 뜯어말려서 단으로 만들어 붙인 불. 해충을 쫓는 데 쓰인다)의 알싸한 냄새를 싫지 않게 맡으며 불부채로 종아리에 덤비는 모기를 날리면서 강냉이를 뜯어 먹으며 누워있노라면, 어느새 여인네들의 이야기꽃이 피어난다. 이런 날 나오는 별식은 강냉이뿐이 아니다. 방앗간에서 갓 빻아 온 햇밀에 굵직굵직하고 얼숭덜숭(회색과 검은색 등이 뒤섞여 있는 색깔)한 강낭콩을 함께 묻힌 밀범벅이도 있다. 그 구수한 맛이란, 큰 도시의 식당 음식으로는 도저히 감당할 수 없다.

온 집안에 매캐한 연기가 골고루 퍼질 때쯤이면, 쑥 냄새가 한층 짙어져서 집 안으로 들어간다. 그러면 영악한 모기들도 아리송아리송(긴가민가하여 뚜렷하게 분간하기 어려운 모양)하는가 하면, 수풀 기슭으로 반딧불을 쫓아다니던 아이들 역시 하나둘 잠자리에 든다. 이에 마을의 여름밤은 더욱 깊어지고, 아낙네들은 멍석 위에 누운 채 꿀 같은 단잠의 유혹에 빠진다.

쑥을 더 집어넣는 사람도 없이 모깃불의 연기도 차츰 가늘어지고 보면, 여기는 바다 밑처럼 고요해진다. 동굴 속에서 베를 짜던 마귀할멈이라도 나와서 다닐 성싶은 이런 밤엔 헛간 지붕 위에 핀 박꽃의 하얀 빛이나는 더욱 무서워진다.

한잠 자고 난 아기는 아닌 밤중 뒷산 포포새(뻐꾸기) 울음소리에 깜짝 놀라 엄마 가슴을 파고들고, 삽살개란 놈은 괜히 울음을 운다. 그러면 온 동네 개들이 함께 달을 보고 싱겁게 짖어댄다.

-1938년 8월 《여성》

원두막

_노천명

　백중(白中, 음력 7월 15일로 음식과 술을 나누어 먹으며 휴식을 취하던 농민들의 명절)이 되도록 모가 나가질 못하고 빽빽이 서 있는 모판이 있는가 하면, 김장을 갈려고 품을 뽑고 밭을 매는 데가 있어 농촌 풍경도 얼숭덜숭하다.

　손수건을 댔다 떼는 바로 뒤로 구슬 같은 땀이 또 푹푹 솟는다.

　누구 하나 들렀다 가지 않는 원두막은 순전히 참외밭을 지키는 것 외에는 아무것도 아니다. 말라빠진 네 다리를 지극히 불안정하게 참외 밭머리에다 디디고 서서 사면(四面, 전후좌우의 모든 방면) 들창을 작대기로 한껏 버틴 채 우두커니 서 있는 원두막은 영락없이 송낙(승려가 평상시에 납의와 함께 착용하는 모자) 쓴 허수아비다. 소달구지가 지나간 촌길의 시뻘건 흙을 터벅터벅 밟으며 등성이를 넘고, 산모퉁이를 돌아 휘휘 손을 내저으며 가다가 만나는 원두막은 괜스레 반갑다.

원두막은 으레 노인이 지키는 법이다.

"참외 단 것 있어요?"

우리는 원두막을 쳐다보며 물었다.

"예!"

아무 감정 없이 대답하는 노인의 태도는 그야말로 태고연(太古然, 아득한 옛날과 같음)하다.

사다리를 기어 올라가 앉으니, 노인이 구럭(새끼를 드물게 떠서 물건을 담을 수 있도록 만든 그릇)을 멘 채 참외밭으로 어슬렁어슬렁 내려간다. 땀은 금방 걷히었다. 바람에 땀으로 젖은 얼굴을 씻기며, 막힘없이 내다보이는 들녘을 휘둘러보고 난 뒤 원두막을 빙 둘러보니, 천장에 원두막지기의 침구인 듯한 것이 보꾹(지붕의 안쪽)에 대롱대롱 달려 있고, 창가에는 네 귀퉁이를 백지로 바른 고풍스러운 초롱이 하나 달려 있다. 그런가 하면, 원두막 한 귀퉁이에는 간밤에 모깃불을 피운 듯한 질화로가 놓여 있고, 그 옆에는 치부책(置簿冊, 돈이나 물건이 들고 나고 하는 것을 기록하는 책)과 나란히 제값을 다 했을 성싶은 낡아빠진 《가정보감》이 놓여 있다. 《춘향전》이나 《조웅전》쯤을 기대했던 나는 대수롭지 않게 몇 장 넘겨본다.

그런데 어느 틈에 노인이 축 늘어진 참외 구럭을 메고 올라와 참외를 쏟아 놓는다.

"백사과(노르스름한 빛이 도는 흰 참외)나 가지참외는 없어요?"

뻔히 알면서도 고향의 참외 생각이 나서 짐짓 물어봤다. 뭐니 뭐니 해도 참외는 백사과가 그만이다.

잘 익은 것은 벌써 칼을 댈 때부터 다르다. 유달리 고운 속을 한 잘 익은 백사과는 과장이 아니라 정말 입에서 슬슬 녹는다. 노랑참외, 개구리참외, 별종참외(서울에서는 감참외라고 한다), 가지참외, 청참외도 빼놓을 수 없다. 하지만 달리 사치스러운 맛을 제쳐놓고 그냥 먹은 듯싶고 시원한 것은 까맣게 익은 청참외가 최고다. 또 이 없는 할머니들이 숟가락으로 긁어 잡숫기에는 가지참외만 한 것이 없다. 노란 면에 파란 줄이 쭉쭉 간 그 빛깔 하며, 유난히 부드러워 보이는 촉감하며, 나는 어려서부터 집에 참외 선물이 들어오면 다른 것은 다 제쳐놓고 길쭉하고 예쁜 가지참외와 배꼽참외만 골라내서 번갈아 업고 다녔다.

그런데 웬일인지, 서울에서는 가지참외를 볼 수가 없었다.

"다 잘 익었을까요?"

영감님은 또 한 번 무표정하게 우리를 쳐다보았다.

"그럼요!"

나는 얼른 한 개를 골라 들고 칼로 잘랐다. 덜 익었다. 그러자 노인이 미안한지 얼른 다른 참외를 골라주며 이렇게 말했다.

"이걸 한 번 따 보세요."

무던해 보이는 것이 도무지 장사를 할 사람은 아닌 듯했다.

가게에서 며칠씩 시들다 곯아서 익은 참외나 먹다가 이렇게 갓 따온 싱싱한 참외를 원두막에 앉아서 먹는 맛이 썩 괜찮다. 바쁜 도시생활에 부대끼고, 정신없이 지내는 데 비해 농촌에서 이렇게 지내는 것도 꽤 좋을 듯하다. 이에 노인을 향해 무심코 이런 말을 내뱉고 말았다.

"여기서는 먹는 걱정 외에는 별걱정이 없어서 좋겠군요."

"먹는 걱정이 그게 작은 걱정이 아니죠."

갑자기 노인이 철인(哲人, 학식이 높고 사리에 바른 사람)처럼 보였다.

-1949년 7월

산그림자는 집과 집을 덮고

풀밭에는 이슬기운이 난다

질동이를 이고 물 긷는 처녀는

걸음걸음 넘치는 물에 귀밑을 적신다.

_ 한용운, 〈산촌의 여름 저녁〉 중에서

여름밤 농촌의 풍경 점점(點點)

세월도 어지간히 빠릅니다. 아이들의 버들피리 소리가 아직 들리는 듯하건만, 벌써 그 봄이 언제 왔냐는 듯이 자취를 감추어버리고, 초록 치마를 길게 드리워 입은 씩씩한 여름이 왔습니다.

계절이 바뀜에 따라 사람들이 느끼는 정서도 가지각색으로 변하는 것인가 봅니다. 왜 그런지 몰라도, 봄은 심란하게 맞았지만, 여름은 즐겁고 기쁘게 맞는 듯싶기 때문입니다.

여름…… 더구나 농촌의 여름은 농민들에게 있어서 일 년 중 가장 긴장될 때입니다. 그들의 생명선이 이 여름 한 철에 좌우되기 때문입니다. 그래서인지 여름에 들면서부터 잠 한숨 마음 놓고 자지 못하는 모양입니다. 농민들의 그 애쓰는 모습을 본다면, 우리가 항상 먹는 쌀이 무심히 보이지 않을 것입니다.

지금은 어슴푸레한 황혼입니다.

저 서쪽 하늘가에는 붉은 노을빛이 몇 갈래로 찢긴 채 길게 그어 나갔습니다. 그리고 그 아래로는 검푸른 산이 마치 병풍을 친 것처럼 구불구불 돌아서 있고요. 또 그 뒤로는 어린애의 눈처럼 귀여운 별이 방긋방긋 웃고 있습니다.

저녁을 먹은 후 나는 뜰에 서서 이 모든 것을 바라보다가 도저히 견딜 수 없어서 뒷산에 올랐습니다.

산에 올라서서 보니 기가 막히게 좋습니다. 이 실경(實景, 사실 그대로의 경치)이란 도저히 붓끝으로 그릴 수 없습니다.

눈이 아물아물하도록 펴나간 저 푸른 벌! 그 속으로 반듯반듯 빛나는 작은 시내(골짜기나 평지에서 흐르는 자그마한 내)며, 이 산모퉁이 저 산모퉁이 끝에 다정스레 붙어 앉은 농가들.

들을 건너 새로운 보금자리를 찾는 새의 무리가 푸른 하늘가에 높이 떠 있습니다. 그 날개까지도 파랗게 보입니다. 저들에게 있어 낮이 엄한 아버지라면, 밤은 자애로운 어머니일 것입니다. 그 평화로운 품에 안기어 차츰차츰 잠들어가는 저 푸른 벌. 감히 누가 저들의 고운 꿈을 깨울 수 있을까요.

이제야 농민들은 집으로 돌아가는 모양입니다. 살았다 꺼지는 담뱃불이 여기저기서 나타났다가 사라집니다. 물먹은 솜처럼 피곤해져서 풀린 그들의 몸이 멀리서도 빤히 들여다보입니다.

그들은 언제나 이렇게 열심히 일하건만 조밥조차도 배불리 먹지 못합니다. 우리 앞뒷집이 농사를 짓고 있어서, 저는 그들의 일상생활을 누구보다도 샅샅이 알고 있습니다.

저녁 늦게야 집에 돌아온 그들은 조밥이나 밀죽으로 간단하게 끼니를 때웁니다. 하지만 생활이 어려운 이들은 도토리 같은 것으로 대신하기도 합니다. 그리고 피로함에 못 이겨 아무 데나 쓰러져 잡니다. 그러니 어디 옷을 벗어보고, 이불을 펴보겠습니까.

그나마 잠조차도 마음대로 자지 못하는 것이 농촌 부인들입니다. 그들은 온종일 남편과 같이 일하고도, 밤이 되면 빨래질해서 옷 꿰매느라, 내일 아침에 먹을 음식을 준비하느라, 밤을 새우는 것이 거의 일상이 되다시피 했습니다.

밤중에 화장실에 다녀오다 보면 바늘을 든 채 일감을 떨어뜨리고 벽을 의지해 자는 옆집 부인을 볼 수 있습니다. 그러다가도 무엇에 놀랐는지 다시 바늘을 놀립니다. 하지만 그것도 잠시. 금방 또 졸곤 합니다.

이런 것을 바라볼 때마다 가슴속에서 무엇이 화끈화끈 일어나는 것을 느낍니다. 그렇습니다. 그들의 눈물겨운 생활이란 도저히 붓끝으로 그려낼 수 없습니다.

이 밤! 그들은 전날과 똑같이 그런 일을 되풀이하며 배고픈 밤을 또 지새야 할 것입니다. 농가를 휩싼 채 굽이굽이 흐르는 저녁연기. 아마 밀죽을 끓이거나 도토리를 삶는 연기일 것입니다.

모든 만물은 이 밤에도 살이 오르느라 우적우적 자랄 것이건만⋯⋯

쪽빛보다도 더 푸른 하늘에는 어느덧 수많은 별이 깔렸습니다. 사방은 고요하기 그지없습니다. 갑자기 어디선가 졸졸졸 흐르는 시냇물소리가 들립니다.

　나는 이슬을 촉촉이 맞고 있음을 알고, 곧 발길을 돌려 산에서 내려왔습니다. 마당에 멍석을 깐 농부들이 모여서 농사 이야기를 하고 있습니다.

　그 옆에서는 모깃불이 향불처럼 피어오릅니다. 그리고 집집마다 마당에서 빨갛게 움직이는 다림불이며, 채소밭에 하얗게 널린 다림질할 옷들, 어느 것 하나 시 아닌 것이 없습니다.

　지붕 위에는 이슬을 맞은 박꽃이 피어납니다. 어린아이들은 각자 박꽃을 꺾어 든 채 신발 소리를 죽이며, 마치 그림처럼 움직이고 있습니다. 그리고 박꽃에 와 앉는 퐁이라는 나비를 잡아들고는 좋아라고 깡충깡충 뛰며 다음과 같은 노래를 어울려 부릅니다.

　퐁아! 퐁아!
　네 꽃은 쓰고
　내 꽃은 달다.

　나는 문득 어린 시절을 회상하며, 그때 나 역시 저 노래를 불렀거니 하는 그리운 추억과 함께 '저 노래는 누가 지었을까?' 하는 의문에 휩싸입니다. 어른이 되면 잊어버리는 그 노래. 아마 그 노래는 아이들 자신이 나비를 잡기 위해 만든 모양입니다. 그래서인지 노래를 외면 욀수록 아이들의 그 천진한 감정을 느낄 수 있습니다.

　그 노래를 잊어버린 지 몇 해가 지났습니다. 그렇다면 그 동안 내가 한 일이란 과연 무엇일까요?

스르륵─바람이 소리를 내며 선들선들 불어옵니다. 가만히 귀를 기울여서 들어보니, 먼 들판에서 곡식끼리 부딪치는 소리가 은은하게 들려옵니다. 농부들의 말에 의하면, 이 바람에 곡식이 살이 오르고, 곡식의 알이 여문다고 합니다. 생각건대, 꼭 곡식에 한해서만이 아니라 모든 만물이 그렇지 않을까 싶습니다.

앞이마를 덮은 머리카락이 살랑살랑 흔들립니다. 살이 오른다는 이 바람! 농촌이 아니고서는 금을 준다고 해도 결코 얻을 수 없는 이 바람은 가난에 쪼들려 여윌 대로 여윈 농민들에게 아낌없이 쏟아져 흐르고 또 흐릅니다. 못 입고, 못 먹는 저들이건만, 이 바람에 용기를 얻는가도 싶습니다.

되는대로 쓰러져 자는 그들의 모습이 보입니다. 담뱃대를 입에 문 채로 팔을 베개 삼아 혼곤히 잠들었습니다.

이제 동네 아이들의 떠들던 소리도 끊기고, 아이들이 꺾어 놀던 꽃만이 마당에 하얗게 떨어져 있습니다. 마치 초겨울을 연상할 만큼 그렇게……

멀리서 들리는 개구리 소리가 자장가로 변해 그들의 숨소리를 따라 높아졌다가 낮아졌다 합니다.

밤은 깊었습니다. 아직도 그치지 않고 들리는 부인들의 절구 소리. 그리고 뒤이어 나타나는 반딧불 한두 개.

-1933년 7월 〈신가정〉
*띄엄띄엄-점을 찍은 듯이 여기저기 흩어져 있는 모양

울타리에 매달린 호박꽃 등롱 속

거기는 밤에 춤추는 반딧불 향연!

숲속의 미풍조차 은방울 흔들듯

숨소리 곱다.

별! 앵록초같이 파란 결이!

칠흑빛 하늘 위를 홀로 거닐어

은하수 흰 물가는 별들의 밀회장이리!

_노자영, 〈여름밤〉 중에서

여름날의 추억

_노자영

그리운 벗이여!

그대의 편지를 오늘 아침 반갑게 받았습니다. 나는 지금 막 해수욕을 하고 돌아온 길입니다. 몸이 나른하도록 물속에서 장난을 치고 돌아와서 한참을 누워있었지요.

아! 다시 생각해도 시원하기 그지없습니다.

푸른 바다! 해풍에 나부끼는 아가씨들의 검고 긴 머리카락! 결코 싫지 않은 바다의 유혹! 그 속에 이끌려 살이 새까맣게 타는 것도 모른 채 날마다 명사십리를 향해 나섭니다.

요즘은 날씨마저 좋습니다. 그래서인지 인어처럼 예쁜 사람들의 그림자가 아침부터 저녁까지 끊일 줄 모릅니다. 그곳에는 빈부귀천도 없습니다. 남녀를 불문하고 모두 자유롭게 즐길 뿐입니다. 이에 더는 옛날의 에덴동산을 꿈꾸지 말고 그곳으로 오라고 말하고 싶습니다.

쪽빛 푸른 하늘에는 흰 구름이 신선이 되어 유람하는 듯―그러나 바다에서 보면 어느 것이 하늘이요, 어느 것이 물인지 알 수 없습니다. 참, 오늘은 바둑돌같이 알락알락한(여러 가지 밝은 빛깔의 점이나 줄 따위 무늬가 고르게 촘촘한) 조개를 한 바가지나 잡았습니다. 저녁에 국을 끓여 먹을 생각입니다. 어제는 도미와 꽃게를 사 왔는데, 도미는 구워 먹고, 게는 기름에 볶아서 배가 터지도록 먹었습니다.

요즘, 우리는 날마다 노는 것이 일입니다. 그래서 어떻게 하면 더 재미있게 놀까―그 연구뿐입니다.

정숙이, 연주, 정옥이 모두 왔습니다. 우리는 수영 후 모래밭에 큰 우산(파라솔)을 받쳐놓고 노래도 부르고, 장난도 치며, 즐거운 시간을 보냈습니다. 하지만 뭔가 허전했습니다. 그건 바로 당신이 없었기 때문입니다. 당신도 함께했다면 더 즐거웠을 텐데.

그뿐이겠습니까?―요즘 들어 밤이면 고운 달이 떠, 저녁을 일찍 먹고 송도원 송림 사이로 달구경을 가곤 합니다.

달은 흔들리는 물결을 붉게 물들여 결국 내 마음마저 흔들어 놓습니다. 비둑돌을 하나둘씩 던지며 끝없는 꿈속에 잠기면, 실바람을 타고 오는 노랫소리와 바이올린 소리가 왜 그리 신비스러운지―그럴 때면 가수가 되지 못한 것이 후회됩니다. 만일 그때 당신이 옆에 있었다면! 서운한 마음에 뒤를 돌아본 적도 여러 번 있습니다.

당신도 알다시피, 우리 편(경숙이네 형제와 우리 형제)은 울지 못하는 매미와도 같습니다. 그래서 화가 나면 기타 줄만 되는 데로 쥐어뜯곤 합니다.

누구나 아름다운 여름밤을 노래하고 싶을 것입니다. 하지만 노래를 못하는 우리로서는 그것이 못내 부러울 뿐입니다.

다리 인근에는 피서객으로 가득합니다. 그들은 그 밤을 그냥 보내기가 안타까운 듯, 밤이 깊어도 돌아갈 줄 모릅니다.

아! 아름다운 여름밤— 이곳의 밤은 환락의 밤이요, 신선들의 세계입니다.

그 순간, 당신이 잘 부르는〈호프만의 뱃노래(오펜바흐 오페라 '호프만의 이야기'에 나오는 아리아)〉가 귓전을 스치고 달아납니다.

단 하루라도 좋으니, 다녀갈 순 없는지요? 우리가 살면 얼마나 살겠습니까?—복잡한 현실과 너무 싸우지만 말고 눈 딱 감고 한 번 오시구려. 난들 돈이 많아서 왔겠습니까?— 건강한 몸을 얻어가니 뿌듯할 뿐입니다. 내가 소화불량 때문에 얼마나 힘들었는지 잘 알고 있을 것입니다. 하지만 지금은 그 그림자도 찾을 수 없을 만큼 건강합니다. 심지어 삼시 세 끼만 먹고는 배가 고파서 도저히 견딜 수 없을 지경입니다.

혹시 지난번에 말했나요?— 방을 얻어 자취하고 있다고. 그것이 여간 재미있지 않습니다. 특히 방이 매우 넓어 시원해서 좋을 뿐만 아니라 반찬은 바다에서 나는 온갖 해초와 생선으로 대신합니다. 어찌나 맛있는지 저녁이면 밥을 네 공기씩이나 먹곤 합니다.

한 달은 더 이곳에 머물 생각입니다. 바쁘지 않냐고요? 몸을 건강하게 한 후 더 부지런히 일할 생각입니다. 그러니, 그 안에 한 번 다녀가시구려.

차비만 들고 오면 됩니다. 밥은 걱정하지 않아도 됩니다. 제가 대접할 테니까요.

그럼, 기다리겠습니다. 언제 오겠다는 편지만 주십시오. 시간에 맞춰 마중 나가도록 하겠습니다. 글피가 일요일이니, 모레 오후에 오면 좋을 텐데…….

그럼, 다시 만날 날을 기다리며, 여기서 이만.

S로부터.

-1939년, 서간집《나의 화환》

고향의 여름

_노자영

1

여름방학이 시작되어 집으로 돌아온 다음 날이었다.

아침 일찍 일어나 집 옆에 있는 채소밭으로 나가 보았다. 오이 넝쿨이 이리저리 뻗어서 손바닥같이 넓은 잎사귀가 너울너울 움직이고 있었다. 잎사귀에는 진주알 같은 이슬이 대롱대롱 맺혀 있었다. 그런가 하면 느티나무 아래서는 닭이 날개를 치며 울고 있는 것이 보였다. 박 서방 네서는 '음매'하는 송아지 울음소리가 들려왔다.

"참, 한가한 동네로군!"

나는 복잡한 도시를 떠올리며 눈앞에 있는 풍경을 마음에 가득 담았다. 유쾌하기 그지없었다. 그때 또 닭이 날개를 치며 목을 늘인 채 우는 소리가 들려왔다.

"지난봄 학교에 갈 때 태어난 녀석이 벌써 저렇게 커서 날개를 치며 우네!"

나는 신기해서 그놈을 한창 바라보다가 다시 오이 넝쿨을 둘러보았다. 어른 팔뚝처럼 큰 오이가 주렁주렁 매달린 것이, 마치 대지를 베고 잠든 채 아침 꿈에서 아직 깨어나지 않은 듯했다.

나는 탐스럽고 만족스러운 마음에 오이를 만져 보다가 다시 감자밭으로 향했다. 파란 넝쿨이 어린애 더벅머리처럼 엉키어 땅이 잘 보이지 않았다. 넝쿨을 제치고 감자알을 손가락으로 파보았더니, 어른 주먹만 한 감자가 파면 팔수록 데굴데굴 굴러 나왔다.

"이렇게 신통하고 기쁜 일이 또 어디 있을까."

이 감자는 내가 도시로 떠나기 전, 일꾼 한 명과 어머니, 나 이렇게 셋이서 직접 심은 것이었다.

"애야, 좀 쉬었다 해라!"

어머니가 헐떡거리는 나를 보며 애처로운 듯이 말했다.

"괜찮아요. 일도 해보니까 재미있네요!"

"애가 강단은 있어서……"

그러면서 나를 바라보며 빙긋 웃었다.

이렇듯 봄에 심은 감자가 벌써 어른 주먹처럼 크게 열렸다는 것은 매우 유쾌하고 신기한 일이었다.

"이런 신통한 일이 어디 있나. 불과 석 달 만에 이렇게나 컸다니……"

나는 혼자 중얼거리며 무슨 기적이나 발견한 듯이 서늘한 만족을 느졌다.

사실 나는 감자를 그리 썩 좋아하진 않는다. 그래서 먹는 것보다는 캐는 재미를 더 좋아한다.

나는 주섬주섬 감자를 한 움큼이나 캐어놓았다.

"병길아! 지금 뭐하니? 감자 그만 캐! 더 크면 캐야지!"

어머니가 밭으로 나오며 나를 향해 외쳤다.

"감자 캐는 재미가 꽤 좋아요. 벌써 이렇게 어른 주먹처럼 컸어요."

"그래, 벌써 꽤 컸구나. 어른 주먹만 하네!"

"어머니, 이따가 이것 좀 삶아주세요. 설탕도사 왔으니…… 네?"

나는 오랜만에 어머니를 향해 어리광을 피웠다.

"그래, 알았다. 잘 먹지도 않으면서…"

어머니는 바구니 가득 감자를 담아 집으로 들어갔다.

나는 집 대신 뜰 앞에 있는 개울을 향해 내려갔다. 감자를 캐느라 더러워진 손과 얼굴을 깨끗이 씻은 후 돌무덤에 자리를 잡았다. 개울 속에는 조그만 송사리 떼가 꼬리를 치며 왔다 갔다 하고 있었다. 꾸구리(토종 민물고기)나 가재도 심심찮게 보였다.

개울 반대쪽에는 어려서부터 봐왔던 처녀의 머리카락처럼 길길이 늘어진 몇천 오라기(길고 가느다란 조각을 세는 단위)의 버들가지가 물에 닿을락 말락 하게 덮여있었다. 그리고 그 좌우로는 느티나무가 열을 지어 서 있다. 그 무성한 잎사귀가 하늘을 가리고 그 사이로 조금씩 비치는 아침 햇살이 금실 오라기처럼 물 위로 흘러간다. 매미 몇 마리가 울더니 그만 그치고, 잠시 후 까치란 놈이 와서 깍깍하고 울어댄다. 다시 저쪽에는 꾀꼬리가 흘러가는 물소리처럼 꾀꼴꾀꼴하고 울고 있다. 건넛마을 정 서방 집 당나귀가 하품하듯이 우는 소리가 들린다.

2

아침을 먹은 후 뒷산에 올랐다. 멍석을 느티나무 아래 편 후 조용히 누웠다. 황해도 중에서도 제일 두메요, 그중에서도 제일 산촌인 이곳은 실로 동화(童話)에나 나올 법한 산국(山國, 산이 많은 나라)이다. 무성한 느티나무가 백여 그루 널려있고, 그 아래 풀이 드문드문 깔려 있다. 그러다 보니 서늘하기가 이루 말할 수 없을 정도다. 특히 오백 년이나 묵었다는 네 아름(두 팔을 둥글게 모아서 만든 둘레)이나 되는 크나큰 노각(늙어서 빛이 누렇게 된) 느티나무는 이 동네 사람들이 신목(神木, 신령이 강림하여 머물러 있다고 믿어지는 나무)이라고 해서 해마다 제사를 지낸다. 그뿐만 아니라 밤이면 도깨비가 방망이질한다는 전설이 있어, 애들은 무서워서 그 곁에 가지도 못한다. 또한 천 가지 만 가지로 벌어진 나뭇가지는 온통 푸른 잎으로 하늘을 가리고, 그 아래는 언제나 서늘한 바람이 슬슬 불어 온다.

나무를 쳐다보니, 노란 다람쥐 한 마리가 이 가지에서 저 가지로 옮겨 다니며 재주를 부리고 있다. 나는 일어서서 '이놈'하고 돌맹이 하나를 던졌다. 그랬더니 깜짝 놀란 다람쥐는 어디로 도망가 버렸는지 더는 보이지 않았다. 이때 어머니가 삶은 감자를 바구니에 가득 담아 가지고 올라오셨다. 이 더위에도 무명적삼과 무명치마를 입은 어머니는 힘에 부친 듯 손으로 연신 땀을 훔쳤다.

"여긴 시원하구나. 식기 전에 어서 먹어라."

"어머니 베적삼이나 하나 해 입으시지!"

"어디 돈이 있어야지."

"뭐, 베적삼 하나쯤이야!"

"나는 일 년을 가도 내 몸을 위해서는 일 원도 안 쓴다. 그래도 네 학비를 대려면 죽을 지경이야!"

"어머니 돈은 써야 생긴대요."

"철없는 소리 그만두렴! 나야 돈을 쓰면 뭐하니? 한 푼이라도 모아서 네게 줘야지?"

나는 항상 어머니의 뜨거운 사랑에 감격하고 있다. 하지만 이 더위에도 베적삼 하나 못해 입고 무명적삼을 입은 채 여름을 나는 어머니를 생각하면 그 심성에 더욱 감격하지 않을 수 없다.

어머니는 젊어서 홀로 된 후 나 하나만을 바라보고 지금껏 살아왔다. 젊어서는 잡화행상을 하며 적지 않을 돈을 모으기도 했다. 하지만 지금은 사람을 두고 농사를 짓고 있다. 이에 그 열성과 성의를 생각하면 어린 마음에도 감격하지 않을 수 없었다.

"시원한데 누워서 책이나 보렴!"

"네, 아주 시원해요!"

어머니가 내려가신 후 나는 누워서 앞산을 바라보았다. 거기에는 작은 산, 중간 산을 넘어 크고 험상한 '돗바위'라는 큰 석산(石山)이 하늘가에 줄을 치고 있다. 또 그 서쪽에도, 남쪽에도 첩첩이 산이 산을 두르고, 산으로 성을 쌓고 있다. 그렇다. 이곳은 산의 나라요, 물의 나라요, 돌의 나라다. 나는 이곳에서 태어나 열여섯 살까지 자랐다.

동네 한복판에는 꽤 넓은 들이 있고, 그 들에는 밭이 널려있다. 또한, 골짜기마다 농사를 지을 수 있는 밭이 많이 널려있다. 이곳은 우리 집안이 대대로 살아온 산중왕국이었다.

자리에 누워 영어책을 몇 줄 읽다 보니, 도시로 공부하러 떠날 때 동구 밖까지 나와서 손짓을 하던 예쁜이가 이쪽을 향해 걸어오고 있었다. 나는 무의식적으로 반쯤 일어서서 얼굴을 약간 붉힌 채 인사를 건넸다.

"오래만이야, 잘 지내지?"

"공부하러 갔다더니, 언제 왔어?"

예쁜이는 이렇게 반말을 하며 곁으로 다가와 앉았다.

"그저께!"

"그래, 좋은 구경 많이 했지?"

"그럼, 기차도 타고, 배도 타고, 비행기도 보고, 전차나 전등도 보고……."

"그게 뭐야? 난 처음 들어보는 이름이네. 전등이 도대체 뭐야?"

"전기로 불을 켜는 것이지!"

"전기라니?"

"말하자면 번갯불이야!"

"정말! 번개로 어떻게 불을 켜? 원, 세상에……"

"어디 번개뿐인가. 비행기 타고 하늘도 나는데."

"원, 저런?"

"세상이 여간 발달했어야지?"

나는 예쁜이를 쳐다보았다. 희끄무레하고 통통한 얼굴, 함박꽃처럼 탐스러운 이마, 게다가 명주 수건을 푹 내려쓰고 분하나 바르지 않은 얼굴이건만 풍만하고 시원한 표정이 그리 밉지 않았다.

예쁜이는 나와 어려서부터 한마을에서 자랐다. 또한, 내가 이곳에서 십 리나 떨어진 '새몰'이란 동네에 있는 학교에 다닐 때부터 나를 유심히 바라보곤 했다. 나를 좋아했기 때문이다. 그래서 늘 나를 바라보며 웃기도 하고, 얼굴을 붉히기도 했다. 하지만 도시에서 예쁜 여학생을 실컷 본 내게는 그리 신통하지도 않았을 뿐만 아니라 정열을 끓어 올릴만한 상대도 못 되었다.

하지만 순진하고 살진 송아지 같은 그녀를 볼 때면, 더구나 열일곱 살을 겨우 맞이한 그녀의 붉은 웃음을 볼 때면 다소 마음이 설레지 않을 수 없었다.

"그래, 여름방학 동안 뭐했니?"

"그저 놀았지. 양잠하느라 늘 뽕이나 따러 다니고……"

"참 좋았겠네. 우리 속담에 '뽕도 따고 임도 딴다.'는 말도 있잖아. 하하하!"

"도시에서 살다 오더니, 어떻게 된 거 아니야?"

그녀는 손으로 내 등을 한번 때리는 척하더니 이내 얼굴을 붉혔다. 하지만 화를 내지는 않았다.

"그럼, 뽕만 땄어?"

"그럼, 뽕만 땄지."

"저런 예쁜 아가씨가."

"왜 무슨 문제 있어?"

"아니, 예쁘니라 예쁘니까 그렇지! 하하하"

우리는 얼굴을 붉히며 잠깐 함께 웃었다.

3

집으로 내려와서 점심을 먹은 후 들 구경을 나갔다. 동네에서 십여 리쯤 올라가면 중산막(中山幕)이라는 벌판이 있다. 거기에 우리 조밭이 네 군데나 있는데, 오늘이 조밭 김매는 날이었다.

어머니는 일찌감치 점심을 먹고 먼저 나갔고, 나는 느지막이 밀짚모자를 쓰고 손부채를 건들건들 부치면서 중산막을 찾았다.

찌는 듯한 날씨였다. 산모퉁이를 돌아 작은 시내를 건너니 조밭이 파랗게 펼쳐져 있었다. 아직 이삭은 피지 않았지만, 씩씩하고 굵직굵직한 것이 보기에도 좋았다. 나는 조 밭머리 느티나무 아래 한가히 앉아서 부채를 부치고 있었다. 일꾼들은 밭 한복판에서 김을 매고 있어서 보이지 않았다.

잠시 후 쉴 때가 되었는지 일꾼들이 밭머리로 걸어 나왔다. 그러더니 얼굴 가득 흐르는 땀을 주먹으로 씻어내면서 내게 인사를 건넸다.

"에—고, 더워 죽겠다!"

"이놈의 일을 늙어 죽도록 해야 하니……"

"늙어 죽는 것은 고사하고, 이렇게 고생하고 지랄해도 먹을 게 없으니……"

그들은 이야기를 나누며 죄 없는 호미 탓을 했다.

"제기랄, 이놈의 호미는 저승에서부터 내게 붙어왔나?"

그때 김 잘 매기로 소문난 박 서방이 호미를 내던지며 말했다.

"에—고, 죽겠다! 난 오늘 죽는다, 죽어."

그러더니 눈을 치켜뜬 채 입을 실룩거리며 죽는시늉을 했다.

"호호호, 정말 죽으려나."

"아저씨, 제발 참으세요. 돌아가시면 안돼요."

"저 사람 정말 죽겠네!"

"이놈 못 죽으면 내 아들이다."

일꾼들은 손뼉을 치며 웃어댔다. 그러자 박 서방은 그만 숨이 차서 땅바닥에 털썩 주저앉아버렸다.

"너무 속이 상하니까, 가끔 이런 연극이라도 해야지."

"아저씨, 좀 더 해보세요."

"이놈 죽는다고 해놓고, 못 죽는 놈은 개똥만도 못 하다!"

그들은 또 이렇게 이야기를 나누며 느티나무 아래 이리저리 쓰러져 누웠다.

서늘한 바람이 부드러운 발자국으로 그들의 가슴을 밟고 지나간다. 유난히 높은 하늘은 쪽빛으로 물들고, 하얀 눈덩이 같은 구름 몇 점이 보기 좋게 피어올랐다. 그 사이에 일꾼들은 드르릉드르릉 코를 골며 잠이 들고 말았다.

4

다음날, 나는 내가 좋아하는 낚시질을 가게 되었다. 동네에서 남쪽으로 조금만 내려가면 청류대(淸流臺)란 바위가 있다. 이 바위는 층암(層岩, 계단처럼 층층이 만들어진 바위)으로 펼쳐있는 괴암(怪巖, 괴상하게 생긴 바위)으로, 큰 시냇물이 둘레를 치며 흘러간다. 조그만 웅덩이가 진 곳에는 바위가 널려 있고, 그 아래에는 손바닥 같은 돌천어(石川魚, 석천어)가 시글시글 몰려다닌다. 이에 버드나무 아래서 낚시를 드러놓고 있으면 이놈들이 몰려와서 낚시를 물다가 그만 나의 밥이 되는 것이다. 그 맞은편에는 돛바위(帆石, 범석)라는 기괴한 암석이 솟아있어서 마치 배의 돛대 모양 같은 풍경을 이루고 있다.

나는 아침부터 낚시에 그만 재미를 붙이고 말았다. 이에 돌천어, 중태, 메기, 꾸구리(잉엇과의 민물고기) 등을 한 망태기나 잡았다.

동네 입구에 다다랐을 무렵, 예쁜이가 바구니를 들고 이쪽을 향해 걸어오는 것이 보였다.

나는 가슴이 설레는 것을 꾹 참으며 천연덕스런 표정으로 그녀에게 말을 걸었다.

"어디 가니?"

"어, 뽕 좀 따려고."

어쩐지 얼굴이 좀 붉어지는 것이 보였다.

"내가 좀 도와줄까?"

"정말? 그러면 고맙지."

예쁜이는 매우 기뻐하는 눈치였다.

"하지만 남들이 흉보지 않을까?"

"뭐, 뽕 따는데 누가 뭐래? 또 흉보면 말지, 뭐."

그녀가 제법 세게 나왔다.

"그럼, 나도 따라가서 도와줄게."

나는 그녀의 뒤를 따라나섰다. 고기 망태기를 들고 그녀를 따라가는 것이 어쩐지 좀 싱거워 보였다. 하지만 싫지만은 않았다. 그녀의 삼단 같은 머리와 통통한 발이 매우 예뻐 보였다. 우리는 도시 이야기, 기차 이야기, 비행기 이야기 등을 주고받으며 제법 많은 양의 뽕을 땄다. 그리고 서로의 얼굴을 쳐다보며 어색한 듯이 웃었다.

해가 질 무렵, 우리는 집으로 향했다. 그러던 중 동구 밖에 있는 야생살구나무 아래서 갑자기 발길을 멈추었다.

나는 나무꼭대기를 쳐다보며 이렇게 말했다.

"아직도 저 끝에 살구가 있네."

"우리 올라가서 딸까?"

"너 나무에 오를 줄 알아?"

"그럼, 그까짓 것 아무것도 아니지 뭐."

그와 동시에 그녀는 뽕 바구니를 땅바닥에 내려놓고 나무를 기어오르기 시작했다. 나 역시 그 뒤를 따랐다. 그녀는 몸이 뚱뚱한 데도 다람쥐처럼 나무를 제법 잘 탔다. 그리고 마침내 꼭대기까지 올라가 남아 있는 살구 몇 개를 땄다. 그리고 그중 한 개를 내게 건넸다.

"자, 먹어 봐!"

나는 덥석 받아서 씹어 보았지만 시고 떫을 뿐, 맛이라고는 없었다.

"에그, 시어!"

그와 함께 살구를 땅으로 내던져버렸다. 하지만 그녀는 인상 한 번 찌푸리지 않고 맛있게 먹었다.

나는 한참이나 나무에 붙어 있다가, 그녀가 있는 곳까지 다시 기어 올라가 함께 큰 가지에 걸터앉았다. 공연히 가슴이 설레었다. 하지만 그녀는 아무 말 없이 살구 잎만 따서 땅으로 던지고 있었다. 그러던 중, 그녀가 갑자기 뒤뚱거리며 떨어지려고 했다. 나는 있는 힘을 다해 그녀를 붙잡았다. 그리고 그녀를 끌어안았다.

잠시 후 추락의 무서움이 지나간 뒤 그녀는 내게서 몸을 빼려고 했다. 그러나 나는 살진 암소 같은 포근한 그녀의 몸을 놓아 줄 수 없었다. 이에 더 힘을 주어 그녀의 몸을 꽉 껴안았다. 잘 익은 감처럼 보드랍고 달콤한 포옹의 마취! 통통한 가슴의 포근한 탄력! 눈에 아무것도 보이지 않았다. 그녀는 그녀대로 고개를 숙인 채 가만히 있을 뿐이었다. 결국, 내 입술은 그녀의 입술을 점령하고 말았다. 살구나무에는 저녁 빛이 핏빛처럼 붉게 물들고 있었다. 나는 언제까지고 그녀를 안은 채로 나뭇가지에 앉아 있었다. 어여쁜 한 쌍의 새처럼!

해가 지고 서늘한 저녁 빛이 넓은 장막을 가지고 몰려오기 시작하였다. 나는 그녀를 놓아준 후 얼굴을 쳐다보았다. 하지만 그녀는 무엇이 부끄러운지 여전히 고개를 숙이고 있었다. 얼핏 보니, 하얀 얼굴이 앵두 빛처럼 벌게져 있었다.

건넛마을 오 서방이 소를 끌고 저편으로 올라오는 게 보였다. 나는 갑자기 싱거운 생각이 나서 주머니에서 성냥을 꺼내 불을 그었다. 그리고 소가 살구나무 아래를 지날 때 소 등에 그것을 떨어뜨렸다. 그러자 그만 소털에 불이 붙고 말았다. 이내 소는 뜨거움을 참기 위해 소리를 치며 네 굽을 들고 내달았다.

"앙!"

"이놈의 소가 왜 야단이야!"

이유를 모르는 오 서방은 고삐를 쥔 채 번개같이 따라갔다. 그 모습을 지켜보던 나는 그만 웃음이 터져 나왔다. 예쁜이 역시 호호하며 배를 쥐고 웃었다.

나는 그녀의 손목을 잡은 채 내 앞으로 잡아당겼다.

"집에 가자, 응?"

그러고는 나무에서 내려와 집을 향해 발걸음을 옮겼다.

5

며칠이 지났다. 저녁을 먹은 후 마당에 명석을 깔고 앉았다. 집에서 일하는 사람 하나가 관솔불을 켜놓았다. 그 옆에서는 모닥불이 번쩍번쩍 타고 있었다. 서늘한 여름밤이었다.

잠시 후 이웃집 박서방과 복녀 어머니, 만돌 아주머니가 놀러 왔다.

어머니는 삶은 옥수수를 가져다가 한 개씩 나눠주며 먹으라고 권했다. 모닥불에서 옥수수를 먹으며, 지난번 어느 밤에 건넛마을에 호랑이가 왔었다는 말과 함께 정 서방네 강아지를 늑대가 물어갔다는 이야기 등을 들었다.

저쪽 느티나무 그늘에서 반딧불이 반짝반짝하며 숲 옆에서 불을 켜고 있었다. 화장실 지붕 위에는 하얀 박꽃이 소복한 처녀처럼 고개를 숙이고 있었다.

나는 마당 한편에서 반딧불을 보고 있었다. 그때 갑자기 우리 집 개가 멍멍하고 짖었다. 고개를 들어 쳐다보니, 예쁜이가 우리 집을 향해 걸어오는 것이 보였다. 그녀는 우리 어머니와 마을 사람들에게 인사를 건넨 후 내 곁으로 와서 앉았다. 하얀 모시 적삼과 검은 치마—밤이지만 여간 단장을 한 게 아니었다. 하지만 뭐가 부끄러운지 맥없이 고개를 숙이고 있었다.

느티나무 위에는 별이 주렁주렁 매달렸고, 채소밭 울타리에는 반딧불 한 마리가 반짝반짝하며, 마치 미행하는 사람처럼 조심스럽게 날고 있었다.

이를 본 예쁜이는 토끼처럼 껑충껑충 뛰어서 그곳으로 갔다.

"반디, 반디, 반딧불! 여기에 불을 주렴."

그녀는 달아나는 반딧불을 쫓았다. 그리고 반딧불을 잡은 뒤 울타리에서 호박꽃을 따서 그 속에 집어넣었다. 그러자 호박꽃은 조그만 황금 초롱('등롱'을 달리 이르는 말. 등롱 안에 주로 촛불을 켜기 때문에 붙여진 이름이다)이 되었다. 그녀는 그것을 세 차례 반복했다.

잠시 후 호박꽃 초롱 세 개를 켠 그녀가 풀밭 위를 걸었다. 나는 그녀를 향해 급해 뛰어갔다. 그러자 그녀가 내게 반딧불을 하나 내주었다. 그렇게 해서 둘이서 검은 밤을 낀 채 캄캄한 길을 말없이 걷고 또 걸었다.

반딧불이 또 한 마리 날아왔다. 나는 그것을 잡아 그녀에게 건넸다.

"이것 좀 보렴. 꼭 새색시 눈 같아."

"뭐, 그까짓 반딧불이?"

그러면서 내 팔을 붙잡았다. 이에 나는 그녀를 꼬옥 끌어안았다.

"병길 씨! 나도 가을에 병길 씨 따라서 도시에 갈 테야!"

"안돼!"

"병길 씨 보고 싶어서 어떻게 혼자 있어."

"그래도……"

"아니, 꼭 따라갈 테야!"

그녀는 내 허리를 꼭 안으며 어리광을 했다.

어디서 소쩍새 우는 소리가 들려왔다. 그리고 잠시 후 나를 부르는 어머니의 목소리가 들렸다.

"병길아, 참외 먹어!"

우리는 다시 어머니가 부르는 곳을 향해 걷기 시작했다. 나무 숲 속에서는 흘러가는 물소리가 유난이 서늘하게 들렸다.

- 1938년, 수필집 《인생안내》

송전 해안에서

_노자영

　서울을 떠난 지도, 은주와 이별한 지도 오래되었습니다. 그만큼 세월
이 빠르다고 할까, 인생이 무상하다고 할까. 이에 간혹 다음과 같은 시를
떠올리곤 합니다.

　　흘러가는 잔물결 버들잎 입 맞추고

　　모두 다 잊어버린 듯이

　　거품이 되어 사라진 후

　　버들잎도 저 혼자 흔들리느니……

아, 모든 것은 잊어버린 듯이 흘러갑니다.

오늘은 아침부터 흐리기 시작하더니, 결국 오후 들어 비가 내렸습니다.

별빛이 내릴 때 푸른 줄로 단장하고, 햇빛이 흐를 때 금실로 수놓은 소

나무밭은, 오늘만은 그 모든 것을 집어 던진 채 소복하였습니다. 구슬 같은 파도가 수만 조각으로 깨어져 흩어지는 소리만이 요란하기 그지없습니다.

10리 긴 모래밭 위에서 즐기던 바둑돌 놀이도 오늘만은 그만두었으며, 수영 역시 하지 않았습니다.

여름, 여름이야말로 나의 날입니다. 하지만 이 생활도 당신을 그리기에 흥미를 잃고 말았습니다.

결국, 유의 편지는 어제도, 오늘도 오지 않았습니다. 오늘은 기다리다 못해 화가 났습니다. 섭섭했기 때문입니다. 요즘은 뭘 하는지, 서늘한 여름 꿈을 따라 백합을 꺾으러 가셨는지……

어제저녁에는 서늘한 밤하늘처럼 전원생활을 오랜만에 즐겼습니다. 여기 손님 중 내 작품을 즐겨 읽는다는 R이라는 사람과 함께 10리쯤 떨어진 시골마을을 방문했습니다.

고요한 시골의 밤. 우리는 멍석을 펴고, 모닥불을 피우며, 옥수수와 감자를 구워 먹고, 송화등(松火燈, 송진으로 만든 불빛) 아래서 닭고기와 밀국수를 먹었습니다.

멀리 보이는 송산(松山)에는 저녁 안개가 자욱했고, 무성한 밤나무 그늘에서는 밤새가 울었습니다. 우리는 밤이 새도록 하늘의 별을 헤고, 땅의 모래를 모으며 재미있게 놀았습니다. 그러나 나는 어디를 가든, 좋은 것을 보나 슬픈 것을 보나 항상 유 생각뿐입니다. 그래서 머리를 풀고 기도하는 처녀의 머리 같은 개천가에서 유를 그리며 노래를 불렀습니다.

시인의 마음처럼 푸른 하늘을 바라보며, 밤마다 뜨는 별에 유의 소식을 물었습니다.

오늘 아침에는 서양 참외를 몇 개 샀습니다. 여름의 선물—참외, 수박을 먹는 여름—나는 이 여름과 함께 건강해지렵니다. 몸은 차츰 건강해져 가고 있습니다. 모두가 염려해주신 덕분입니다. 하지만 살은 아직 오르지 않았습니다.

그리고 보니 살이 오르지 않으면 야단하신다고 했지요? 아이고, 이 일을 어쩌나…… 다음에 만나면, 큰 걱정이구려. 하하하…….

아, 임이여! 내 마음의 화석 같은 이여! 일 분, 일 초라도 잊을 수 없고, 이 넓은 세상 수많은 사람 중에 오직 하나뿐인 나의 애인이여!

지금 당신은 어디서 뭘 하고 계십니까? 당신 이름을 모래밭 위에 새기며 유의 이름을 불러봅니다.

- 1939년, 서간집 《나의 화환》

풀은자라

머리털같이자라향기롭고,

나뭇잎에,나뭇잎에

등불은기름같이흘러있소

분수는이끼돋은

돌위에빛납니다

저기,푸른안개너머로

벤치에쓰러진사람은누구입니까.

_이장희, 〈여름밤 공원〉에서

산촌여정

_이 상

1

　향기로운 MJB(미국산 '커피' 상표)의 미각을 잊어버린 지도 이십여 일이나 되었습니다. 이곳은 신문도 잘 오지 않고, 체전부(우체부) 역시 간혹 '하도롱(hard-rolled paper, 다갈색 종이로 봉투나 포장지를 만듦)' 빛 소식을 가져올 뿐입니다.

　거기에는 누에고치와 옥수수의 사연이 적혀 있습니다. 마을 사람들은 멀리 떨어져 사는 친척 때문에 걱정이 이만저만 한 것이 아닌가 봅니다. 나도 도시에 남기고 온 일이 걱정됩니다.

　건너편 팔봉산에는 노루와 멧돼지가 산다고 합니다. 기우제를 지내던 개골창(수챗물이 흐르는 작은 도랑)까지 내려와서 가재를 잡아먹는 '곰'을 본 사람도 있답니다. 동물원에서밖에 볼 수 없는 동물들을 직접 봤

다니, 놀라울 따름입니다.

　산에 있는 동물을 사로잡아다가 동물원에 가둔 것이 결코 아닙니다. 그래서인지 동물원에 있는 동물을 산에다 풀어놓은 것만 같은 생각이 자꾸 듭니다.

　달도 없는 그믐칠야(漆夜, 옻칠한 듯 어두운 밤)면 팔봉산도 사람이 침소에 들 듯 어둠 속으로 완전히 사라지고 맙니다. 하지만 공기는 수정처럼 맑고, 별빛만으로도 충분히 좋아하는 《누가복음》을 읽을 수 있습니다. 참별 역시 도시보다 갑절이나 더 많이 뜹니다. 너무 조용해서 별이 움직이는 소리가 들릴 것만 같습니다.

　객줏집 방에는 석유 등잔을 켜놓습니다. 도시의 석간(夕刊)과 같은 그윽한 냄새가 소년 시절의 꿈을 부릅니다.

　정형! 그런 석유 등잔 밑에서 밤이 깊도록 '호까' — 연초갑지(煙草匣紙, 담배를 싸는 종이)를 붙이던 생각이 납니다. 벼쨍이(베짱이)가 한 마리가 등잔에 올라앉았더니, 연둣빛 색채로 혼곤한(정신이 흐릿하고 고달픈) 내 꿈에 영어 'T'자를 쓰고, 유(類) 다른 기억에다는 군데군데 '언더라인'을 그어 놓습니다. 이에 나는 슬퍼하는 것처럼 고개를 숙이고 도시의 여차장이 차표 찍는 소리와도 같은 그 음악을 가만히 듣습니다. 그러면 그것이 또 이발소 가위 소리와도 같아, 눈을 감고 가만히 그 소리를 들어봅니다. 그리고 비망록을 꺼내어 머룻빛 잉크로 산촌의 시정(詩情)을 기록하기 시작합니다.

그저께 신문을 찢어버린

때 묻은 흰나비

봉선화는 아름다운 애인의 귀처럼 생기고

귀에 보이는 지난날의 기사

　얼마 후면 목이 마릅니다. 자리물― 심해처럼 가라앉은 냉수를 마십니다. 석영질 광석 냄새가 나면서 폐부(肺腑)에 한란계(寒暖計, 온도계) 같은 길을 느낍니다. 백지 위에 싸늘한 곡선을 그리라면 그릴 수도 있을 것 같습니다.

　푸른 돌을 얹은 지붕에 별빛이 내리면 한겨울에 장독 터지는 것 같은 소리가 납니다. 벌레 소리 역시 요란합니다. 가을이 엷어 한 장 적을 만큼 천천히 오기 때문입니다. 이런 때 무슨 재주로 광음(光陰, 시간의 흐름)을 헤아리겠습니까?

　맥박소리가 방안을 시계로 만들어버리고, 그 장침과 단침(시계의 두 바늘)의 나사못이 돌아가느라 양쪽 눈이 번갈아 간질간질합니다. 코로 기계기름 냄새가 드나듭니다. 석유 등잔 밑에서 졸음이 오는 기분입니다. '파라마운트(미국의 영화 제작회사)' 상표처럼 생긴 도시 소녀가 나오는 꿈을 조금 꿉니다. 그러다가 도시에 남겨두고 온 가난한 식구들을 꿈에서 봅니다. 그들은 마치 사진 속의 포로처럼 나란히 늘어서 있습니다. 그리고 내게 걱정을 안깁니다. 그러면 그만 잠이 확 깨어버립니다.

　차라리 죽어버릴까란 생각을 해봅니다. 벽의 못에 걸린 다 해어진 내

저고리를 쳐다봅니다. 그러고 보니, 그것은 서도천리(西道千里, 황해도와 평안도)를 나를 따라서 여기에 와 있습니다, 그려!

2

등잔 심지를 돋우고 불을 켠 후 비망록에 철필로 군청 빛 '모'를 심어갑니다. 불행한 인구가 그 위에 하나하나 탄생합니다. 조밀한 인구가—

'내일은 온종일 화초만 보고 탈지면(脫脂綿)에다 '알코올'을 묻혀서 온갖 근심을 문지르리라'는 생각을 해봅니다. 너무나 꿈자리가 뒤숭숭해서 그렇습니다. 화초가 피어 만발하는 꿈, '그라비어'(Gravur, 사진 제판에 사용되는 인쇄법) 원색판 꿈, 그림책을 보듯이 즐겁게 꿈을 꾸고 싶습니다. 간단한 설명을 위해 상쾌한 시를 지어서 칠(七) '포인트' 활자로 배치하는 것도 좋을 것 같습니다.

도시에 화려한 고향이 있습니다. 활엽수만으로 된 산이 고향의 시각을 가려 버린 이 산촌에 쌀봉산 허리를 넘는 철골전신주가 소식의 제목만을 부호로 전하는 것 같습니다.

아침에 볕에 시달려서 마당이 부스럭거리면 그 소리에 잠을 깹니다. 하루라는 '짐'이 마당에 가득한 가운데 새빨간 잠자리가 병균처럼 움직입니다.

잔 석유 등잔에 불이 아직 켜져 있습니다. 그 안에 사라진 밤의 흔적이 낡은 조끼 '단추'처럼 고스란히 남아 있습니다. 이는 어젯밤을 다시 방문할 수 있는 '요비링(초인종)'입니다.

지난밤의 체온을 방 안에 내던진 채 마당으로 나갑니다. 마당 한 모퉁이에는 화단이 있습니다. 불타오르는 듯한 맨드라미꽃 그리고 봉선화. 지하에서 빨아올리는 이 화초들의 정열에 호흡이 부쩍 더워집니다. 여기 처녀들 손톱 끝에 물들일 봉선화 중에는 흰 것도 섞여 있습니다. 흰 봉선화도 붉게 물들까? ─ 조금도 이상스러울 것 없이 흰 봉선화는 꼭두서니 빛으로 곱게 물들 것입니다.

수수깡 울타리에 '오렌지' 빛 여주가 열려, 강낭콩 넝쿨과 어우러져 '세피아' 빛을 배경으로 한 폭의 병풍을 연출합니다. 그 끝에는 노란 호박꽃이 피어 있는데, 소박하면서도 대담한 그 위로 '스파르타' 식 꿀벌이 한 마리 앉아 있습니다. 그것은 녹황색에 반영되어 '세실.B.데밀(미국의 유명한 영화감독으로 〈십계〉, 〈삼손과 델릴라〉 등을 만듦)'의 영화처럼 화려하기만 합니다. 귀를 기울이면 '르네상스' 응접실에서 들리는 선풍기 소리가 납니다.

야채 '사라다(샐러드)'에 들어가는 '아스파라거스' 잎사귀 같은 화초가 있어, 객줏집 아이에게 물어봅니다.

"기상꽃─기생화(妓生花)는 어떤 꽃이 피나?"

─진홍 비단꽃이 핀답니다.

조상들이 지정하지 아니한 '조 세트(우아한 여름 옷감)' 치마에 '웨스트민스터(영국 담배 이름)'를 감아놓은 것 같은 도시 기생의 아름다움을 떠올려 봅니다. 박하보다도 훈훈한 '리그래 츄잉껌(미국 껌 이름)' 냄새, 두꺼운 장부를 넘기는 듯한 그 입맛 다시는 소리— 그러나 여기에 필 기생 꽃은 분명히 혜원(화가 '신윤복'의 호)의 그림에서 본 것 같은— 혹은 우리가 어린 시절 봤던 인력거에서 홍일산(붉은색 양산)을 바쳐 쓰던 지난날 삽화 속의 기생일 것입니다.

청등호박(겉이 단단하고 씨가 잘 여문 호박)이 열렸습니다. 호박꽃 자리에 무시루떡— 그 훅훅 끼치는 구수한 냄새를 좇아서 증조할아버지의 시골뜨기 망령은 정월 초하룻날 또는 한식날 우리를 찾아오는 것입니다. 그러나 저 국가 백 년의 기반을 생각하게 하는 넓적하고도 묵직한 안정감과 침착한 색채는 '럭비' 공을 안고 뛰는 이 '제너레이션(Generation)'의 젊은 용사의 굵직한 팔뚝을 기다리는 것 같습니다.

유자가 익으면 껍질이 벌어지면서 속이 삐져나온다고 합니다. 하나를 따서 실 끝에 매어서 방에다 걸어둡니다. 물방울 져서 떨어지는 풍염(豊艶, 얼굴 생김새가 살지고 아름다움)한 미각 밑에서 연필처럼 수척해져 가는 이 몸에도 조금씩 살이 오르는 것 같습니다. 그러나 이 채소도, 과일노 아닌 '유미러스'한 용적에는 아무런 향기도 없습니다. 세숫비누에 한 겹씩 한 겹씩 해소되는 도시의 육향(肉香)만이 방안을 배회할 뿐입니다.

3

팔봉산 올라가는 초경(草徑, 수풀로 덮인 지름길) 입구 모퉁이에 최 ○○ 송덕비와 또 ○○○○ 아무개의 영세불망비(永世不忘妃)가 항공우 편 '포스트'처럼 서 있습니다. 듣자하니, 그들은 아직 다들 생존해 있다고 합니다. 우습지 않습니까?

교회가 보고 싶었습니다. 그래서 '예루살렘' 성역으로부터 수만 리 떨 어져 있는 이 마을의 농민들까지도 모두 사랑하는 신 앞으로 회개하게 하고 싶었습니다. 발길이 찬송가 소리 나는 곳으로 갑니다.

누군가 포플러나무 아래 '염소' 한 마리를 매어 놓았습니다. 구식으로 수염이 났습니다. 나는 그 앞에 가서 그 총명한 동공을 들여다봅니다. '세 룰로이드'로 만든 정교한 구슬을 '오브라─드(oblato, 전분으로 만든 얇 은 원형의 부편. 투명한 전분지)'로 싼 것 같이 맑고, 투명하고, 깨끗하고, 아름답습니다. 도색(桃色, 복숭아색) 눈자위가 움직이면서 내 삼정(三 停, 머리와 이마의 경계 및 코끝과 턱 끝)과 오악(伍岳, 이마·코·턱· 좌우 관골)이 고르지 못한 빈상(貧相, 가난한 관상)을 업신여기는 중입 니다.

옥수수밭은 일대 관병식(觀兵式, 군대의 행진을 지켜보는 예식)입니 다. 바람이 불면 갑주(甲胄, 갑옷과 투구) 부딪치는 소리가 우수수 납니 다. '카─마인(carmine, 연지벌레에서 뽑아낸 홍색 물감)' 빛 꼬고마(군 인이 벙거지에 꽂던 붉은 털)가 뒤로 휘면서 너울거립니다.

팔봉산에서 총소리가 들렸습니다. 장엄한 예포소리가 분명합니다. 그러나 그것은 내 곁에서 소조(小鳥, 작은 새)의 간을 떨어뜨린 공기총 소리였습니다. 그러면 옥수수 밭에서 백·황·흑·회, 또 백, 가지각색의 개가 퍽 여러 마리 열을 지어서 걸어 나옵니다. '센슈얼'한 계절의 흥분이 이 '코사크(Cossack, 카자흐의 영어식 이름)' 관병식을 한층 더 화려하게 합니다.

산삼이 풀어져 흐르는 시내의 징검다리 위에는 백채(白菜, 흰 채소) 씻은 자취가 남아 있습니다. 풋김치의 청신(淸新, 푸릇푸릇하고 풋풋한)한 미각이 안약 '스마일'을 연상시킵니다.

화성암으로 반들반들한 징검다리 위에 삐뚤어진 N자처럼 쪼그리고 앉아 있으면 물동이를 머리에 인 채 주저하는 두 젊은 새색시가 다가옵니다. 이에 미안해서 일어나기는 하지만 일부러 마주 보며 걸어가 그녀들과 스칩니다. '하도롱' 빛 피부에서 푸성귀(사람이 가꾼 채소나 저절로 난 나물 따위를 통틀어 이르는 말) 냄새가 납니다. '코코아' 빛 입술은 머루와 다래로 젖어 있습니다. 나를 쳐다보지 못하는 동공에는 정제된 창공이 '긴쓰메(통조림)'가 되어 있습니다.

M 백화점 '미소노(1930년대 일제 화장품 이름)' 화장품 '스윗걸(Sweet girl)'이 신은 양말은 이 새색시들의 피부색과 똑같은 소맥(밀) 빛이었습니다. 삐뚜름하게 붙인 유선형 모자 고양이 배에 '화—스너(Fastener, 지퍼나 클립과 같이 분리된 것을 잠그는 데 쓰는 기구의 총칭)를 장치한 가벼운 '핸드백' — 이렇게 도시의 참신한 여성을 연상해 봅니

다. 그리고 새벽 '아스팔트'를 구르는 창백한 공장 소녀들의 회충과도 같은 손가락을 떠올립니다. 이렇듯 온갖 계급의 도시 여인들의 연약한 피부를 통해 그네들의 육중한 삶을 느끼지 않습니까?

4

　가난하지만 무명처럼 튼튼한 피부에는 오점이 없고, '츄잉껌', '초콜레이트' 대신 달짝지근한 꼬아리(꽈리)를 부는 이 숭굴숭굴한 시골 새색시들을 나는 더 알고 싶습니다. 축복해주고 싶습니다.

　교회는 보이지 않습니다. 도시 사람들의 교활한 시선이 수줍어서 수풀 사이로 숨어버리고 종소리의 여운만이 근처에 냄새처럼 남아서 배회하고 있습니다. 혹 그것은 안식을 잃은 내 영혼이 들은바, 환청에 지나지 않았는지도 모릅니다.

　조밭 한복판에 높은 뽕나무가 있습니다. 뽕 따는 새색시가 전공부(電工夫, 전기기사)처럼 나무 위에 높이 올랐습니다. 거기에는 순백의 가장 탐스러운 과일이 열려 있습니다. 두 명은 나무에 오르고, 한 명은 나무 아래서 다랭이(대야)를 채우고 있습니다. 한두 잎만 따도 다랭이가 철철 넘치는 민요의 무대면(舞臺面, 무대 위에 나타나는 장면이나 정경)입니다.

　조 이삭은 모두 말라 죽었습니다. '코르크'처럼 가벼운 이삭이 근심스럽게 고개를 숙였습니다. 오— 비야, 좀 오려무나.

해면처럼 물을 빨아들이고 싶어 죽겠습니다. 그러나 하늘은 구름 한 점 없이 푸르고, 맑으며, 부숭부숭(핏기 없이 조금 부은 듯한 모양)할 뿐입니다. 마치 깊지 않은 뿌리의 SOS 암반 아래를 흐르는 지하수에 다다를 지경입니다.

두 소년이 고무신을 벗어들고 시냇물에 발을 담궈 고기를 잡습니다. 지상의 원한이 스며 흐르는 정맥— 그 불길하고 독한 물에 어떤 어족이 살고 있는지— 시내는 대지의 신열을 뚫고 벌판이 기울어진 방향으로 흐르고 있습니다. 그것은 가을의 풍설(風說, 바람처럼 떠도는 소문)입니다.

혹시 가을이 올 터인데, 와도 좋으냐?고 쏘근쏘근(소곤소곤)하지 않습니까? 조 이삭이 초례청(醮禮廳, 초례를 치르는 장소) 신부가 절할 때 나는 소리처럼 부스스— 구깁니다. 노회한 바람이 조 이파리에 난숙(欄熟, 너무 익음)을 최촉(催促, 재촉)하는 것입니다. 하지만 조의 마음은 푸르고 초조하며 어릴 뿐입니다.

조밭을 어지럽힌 사람은 누구일까요? —기왕 한 될 조여든— 그런 마음으로 그랬을까요? 몹시도 어지럽혀 놓았습니다. 누에— 호호(戶戶, 집집)에 누에가 있습니다. 조 이삭보다도 굵직한 누에가 삽시간에 뽕잎을 먹습니다. 이 건강한 미각은 왕후와 같이 존경스러우며 치사(侈奢, 사치와 같은 말)합니다.

새색시들은 뽕 심부름하는 것으로 마지막 영광을 삼습니다. 그러나 뽕이 떨어졌습니다. 온갖 폐백이 동난 것처럼 새색시들의 정열 역시 빛이 바랩니다.

어둠을 틈타 새색시들은 경장(輕裝, 가벼운 옷차림)으로 나섭니다. 얼굴의 홍조가 가리키는 방향으로─ 뽕나무에 우승컵이 놓여 있습니다. 그리로만 가면 되는 것입니다.

조밭을 짓밟습니다. 자외선에 맛있게 불태운 새색시들의 발이 그대로 조 이삭을 밟고 '스크럼(Srcum)'을 짭니다. 그리하여 하늘에 닿을 지성이 천고마비 잠실(누에가 있는 방) 안에 있는 성스러운 귀족 가축들을 살찌게 하는 것입니다. '콜레트 부인(프랑스의 여류 소설가)'의 〈빈묘(牝猫), 암고양이〉을 생각하게 하는 말캉말캉한 '로맨스'입니다.

5

간이학교 곁집 길가에서 들여다보이는 방안에서 누에 틀 소리가 납니다. 편발처녀(머리를 땋아 내린 처녀)가 맨발로 기계를 건드리고 있습니다. 기계는 허리를 스치는 가느다란 실이 간지럽다는 듯이 깔깔거리며 웃고 있습니다. 웃으며, 지근대며 명산 ○○ 명주가 짜여 나오니, 열댓 자 수건이 성묘 갈 때 입을 때때옷을 만들고, 시집살이 설움을 씻어주며, 또 꿈과 꿈을 말소하는 쓰레받기도 되고─ 이렇게 실없는 내 환희(幻戲, 환상)입니다.

담뱃가게 곁방 안에 황혼을 미리 가져다 놓았습니다. 침침한 몇 '가론

(Gallon)'의 공기 속에 생생한 침엽수가 울창합니다. 황혼에만 사는 이민 같은 이국 초목에는 순백의 갸름한 열매가 무수히 열렸습니다. 고치— 귀화한 '마리아'들이 최신 지혜의 과일을 단려(端麗, 단정하고 아름다운)한 맵시로 따고 있습니다. 그 아들의 불행한 최후를 슬퍼하며 '크리스마스트리'를 헐어 들어가는 '피에다(Pieta, 예수의 시체를 안고 슬퍼하는 마리아상) 화폭 전도입니다.

학교 마당에는 '코스모스'가 피어 있고 생도들은 글을 배우고 있습니다. 그들은 열심히 간단한 산술을 놓아 그들의 정직과 순박함을 지혜와 교활로 환산하고 있습니다. 탄식할 이식산(利息算, 이자 계산)이 아니고 무엇이겠습니까?

족보를 찢어 버린 것과 같은 흰 나비 두어 마리가 분필 냄새 나는 화단 위에서 번복(飜覆, 고치거나 바꾸는 일)이 무상합니다. 또 연식 '테니스' 공의 마개 뽑는 소리가 음향의 흔적이 되어서는 등고선의 각 점 모양으로 남아 있는 것 같습니다. 이 마당에서 오늘 밤에 금융조합 선전 활동사진회가 열립니다. 활동사진? 세기의 총아— 온갖 예술 위에 군림하는 '넘버' 제8 예술의 승리. 그 고답적이고도 탕아적인 매력을 무엇에다 비하겠습니까? 그러나 이곳 주민들은 활동사진에 대해서 한낱 동화적인 꿈을 갖고 있습니다. 그림이 움직일 수 있는 이것은 홍모(紅毛, 붉은 머리) 오랑캐의 요술을 배워 온 것입니다. 참으로 부러운 재주입니다.

활동사진을 보고 난 다음에 맛보는 담백한 허무— 장주(莊周, 장자)의 호접몽이 이랬을 것입니다. 나의 동글납작한 머리가 그대로 '카메라'가 되어 피곤한 '더블렌즈(Double lens)'로 나마 몇 번이나 이 옥수수가 무르익어가는 초추(初秋, 초가을)의 정경을 촬영하고 영사하였던가? — '플래시백(Flashback, 영화에서 과거를 회상하는 장면)'으로 흐르는 엷은 애수— 도시에 남아 있는 몇몇 고독한 '팬'에게 보내는 단장(斷腸, 애를 끊는)의 '스틸(Still, 영화 장면을 사진기로 찍어 확대 인화한 사진)'입니다.

6

밤이 되었습니다. 초열흘 가까운 달이 초저녁이 조금 지나면 나옵니다. 마당에 멍석을 펴고 전설 같은 시민이 모여듭니다. 죽음기 앞에서 고개를 갸웃거리는 북극 '펭귄'들과 무엇이 다르겠습니까. 짧고 기다란 삶을 적어 내려갈 편전지(便箋紙, 편지지)— '스크린'이 박모(薄暮, 땅거미) 속에서 '바이오그래피(Biography, 전기)'의 예비표정입니다. 내가 있는 건너편 객줏집에 든 도시풍 여인도 왔나 봅니다. 사투리의 합창이 마당 안에서 들립니다.

자, 이제 시작되었습니다.

부산 잔교(棧橋, 부두에서 선박에 걸쳐놓아 화물을 싣고 부리거나 선객이 오르내리게 된 다리)가 나타납니다. 평양 모란봉도 보이네요. 압록

강 철교도 보입니다. 하지만 박수갈채를 받은 명감독의 얼굴이 보이지 않습니다.

십분 휴식시간에 조합 이사의 통역이 있었습니다. 달은 구름 속에 있습니다. 금연—이라는 느낌입니다. 통역하는 이사 얼굴에 전등의 '스포트라이트(Spotlight)'도 비쳤습니다. 산천초목이 모두 경동할 일입니다. 전등—이곳 촌민들은 ○○행 자동차 '헤드라이트' 외에 전등을 본 일이 결코 없습니다. 그 눈부시게 밝은 광선속에서 창백한 이사는 강단(降壇, 단상에서 내려옴)하였습니다. 우매한 백성들은 이사의 통역에 단 한 사람도 박수를 치지 않았습니다. — 물론 나 역시 그 우매한 백성 중 하나일 수밖에 없었습니다만—

밤 열한 시가 지나자, 영화감상은 '해피엔드'로 끝이 났습니다. 조합원과 영사기사는 단 하나밖에 없는 음식점에서 위로회를 열었습니다. 나는 객사로 돌아와서 죽어가는 등잔 심지를 돋우고 독서를 시작했습니다. 이웃 방에 묵고 있는 노신사께서 내 게으름과 우울을 훈계하는 뜻으로 빌려주신 것으로, 고우다 로한(辛田露伴) 박사가 지은 《人의 道》라는 진서(珍書, 귀중한 책)입니다.

멀리서 개소리가 끊임없이 들려옵니다. 그윽한 '하이칼라' 방향(芳香, 꽃다운 향기, 좋은 냄새)을 못 잊는 사람들이 아직 헤어지지 않았나 봅니다.

구름이 걷히고 달이 나왔습니다. 벌레 소리가 마치 무도회의 창문이라도 열어놓은 것처럼 요란스럽기 그지없습니다.

알지도 못하는 낯선 이를 사모하는 도회인적인 향수가 있습니다. 신간 잡지의 표지처럼 신선한 여인들— '넥타이'와 동갑인 신사들, 그리고 창백한 여러 친구— 나를 기다리지 않는 고향— 도시에 내 나체의 말을 번역해서 보내주고 싶습니다. 잠—성경을 채자(採字, 좋은 글을 가려 뽑음) 하다가 엎질러 버린 인쇄 직공이 아무렇게나 주워 담은 지리멸렬한 활자의 꿈. 나도 갈가리 찢어진 사도가 되어서 세 번 아니라 열 번이라도 굶은 가족을 모른다고 하렵니다.

근심이 나를 제외한 세상보다도 훨씬 큽니다. 갑문(閘門, 수문)을 열면 폐허가 된 이 육신으로 근심의 조수가 스며들어 올 것입니다. 그러나 나는 나의 '메소이스트' 병마개를 아직 뽑지 않으렵니다. 근심은 나를 싸고 돌며, 그러는 동안 이 육신은 풍마우세(風磨雨洗, 바람에 닦이고 비에 씻겨나감)로 저절로 다 말라 없어지고 말 것이기 때문입니다.

밤의 슬픈 공기를 원고지 위에 깔고 얼굴 창백한 친구에게 편지를 씁니다. 그 속에 내 부고(訃告, 죽음을 알림)도 동봉하였습니다.

-1935년 9월 27일~10월 11일 〈매일신보〉

*이글에 나오는 '정형'이라는 사람은 소설가 정인택으로 보임

슬픈 이야기

_이 상

─어떤 두 주일 동안

　그곳은 참 오랜만에 가 본 것입니다. 누가 거기에 가 보라고 그랬는지는 모릅니다. 매우 변했더군요. 그 전에 사생(寫生, 실물이나 실제 경치를 있는 그대로 본떠 그리는 일)하던 다리 아치(개구부 상부의 무게를 지탱하기 위하여 돌이나 벽돌을 곡선 모양으로 쌓아 올린 구조물. 또는 그런 모양이나 구조)가 모색(暮色, 날이 저물어 가는 어스레한 빛) 속에 여전하고, 시냇물 역시 그 밑을 조용히 흐르고 있습니다. 또 양쪽 언덕은 잘 다듬어서 중간중간 연못처럼 물이 괴었고, 자그마한 섬들이 세간(世間, 집안 살림에 쓰는 온갖 물건)처럼 조촐하게 놓여있습니다. 거기서 시냇물을 따라 좀 더 올라가면 졸업 기념으로 사진을 찍던 나무다리가 있습니다.

　그 시절 친구들은 모두 뿔뿔이 헤어져 지금은 안부조차 모릅니다. 나는 거기까지는 가지 않고 의자처럼 생긴 어느 나무토막에 앉아서 물속으로도 황혼이 오는지 안 오는지 들여다보고 있었습니다. 잎사귀가 모두 떨어진 나무들이 물속에 거꾸로 비쳤습니다. 전신주도 비쳤습니다. 물은 그런 틈새로 잘 빠져서 흐릅니다. 하지만 내려놓은 그 풍경을 만져 보는 일은 결코 없습니다. 바람 없는 저녁입니다. 물속 전신주에 달린 전등에 불이 들어왔습니다. 마치 무슨 중요한 '말씀' 같습니다.

— '밤이 오십니다.'

나는 고개를 들어 땅 위의 전신주를 보았습니다. 갑자기 불이 켜집니다. 내가 보지 않는 동안 백주(白晝, 대낮)를 한 병 담아서 놀던 전등이 잠시 한눈을 판 것 같습니다. 그래, 밤이 오나…… 그러고 보니, 공기가 참 차갑습니다.

두루마기 아궁탱이(소맷부리) 속에서 오른손이 왼손을 꼭 쥐고 땀을 흘리고 있습니다. 내 마음이 허공에 있거나 물속으로 가라앉았을 동안에도 육신은 육신끼리의 사랑을 잊어버리거나 게을리하지 않나 봅니다. 머리카락은 모자 속에서 헝클어진 채 아무 소리도 없습니다. 어떻게 생각하면 이 가난한 모체(母體, 몸)를 의지하며 지내는 것들이 불쌍한 것도 같습니다. 땅으로 치면 메마른 불모지와도 같은 셈입니다. 눈도 퀭하니 힘이 없고, 귀도 먼지가 잔뜩 앉아서 너절한 행색입니다. 목에서는 소리가 제대로 나기는 하지만 낡은 풍금처럼 윤기가 없습니다. 콧속 역시 늘 도배한 것, 낡은 것처럼 우중충합니다. 20여 년이나 하나를 믿고 다소곳이 따라 지내온 그들이 어지간히 가엾고 끔찍할 뿐입니다. 그런 그윽한 충성을 잊은 채, 나는 지금 망하려 드는 것입니다.

일신(一身, 자기 한 몸)의 식구들이(손·코·귀·발·허리·종아리·목 등) 주인의 심사(心思, 사람이나 사물에 대해 일어나는 어떤 감정이나 생각)를 무던히(수준이나 정도가 꽤 상당하게) 헤아리나 봅니다. 이리 비켜서고 저리 비켜서고, 서로서로 쳐다보기도 하고, 불안스러워하기도 하는 중에도 서로서로 의지하고, 여전히 다소곳이 닥쳐올 일을 기다리고만 있는 것 같습니다. 그러는 동안 꽤 어두워졌습니다.

별이 한 분씩 두 분씩 모여들기 시작합니다. 어디서 오시나. 굿 이브닝! 뿔뿔이 이야기꽃을 피우나 봅니다. 어떤 별은 좋은 담배를 피우고, 어떤 별은 정한(情恨, 정과 한) 손수건으로 안경알을 닦기도 하고, 또 기념촬영을 하는 무리도 있습니다. 나는 그런 오붓한 회장(會場, 모임이 열리는 장소)을 고개를 들어 쳐다보지 않은 채 물속을 통해 쳐다봅니다. 시각이 거의 되었나 봅니다. 오늘 밤 프로그램은 참 재미있는 여흥(餘興, 연회나 모임 끝에 흥을 돋우기 위하여 곁들이는 연예나 오락)이 가지가지 있나 봅니다. 금 단추를 단 순시(巡視, 조직의 관리자 또는 책임자)가 여기저기서 들창을 닫는 소리가 들립니다.

갑자기 회장이 어두워지더니, 모든 얼굴이 활기를 띱니다. 그중에는 가벼운 흥분으로 인해 잠깐 입술이 떨리는 이도 있고, 의미 있는 미소를 주고받으며 눈을 끔벅거리는 이들도 있습니다. 안드로메다, 오리온, 이렇게 좌석을 정한 후 담배도 모두 꺼버렸습니다. 그때 누군가가 회장 뒷문으로 허둥지둥 들어왔나 봅니다. 모든 별의 고개가 한쪽으로 일제히

기울어졌습니다. 근심스러운 체조, 그리고 숨결 죽이는 겸허로 인해 하늘이 더 깊고, 멀고, 어둡고, 멀어진 것 같습니다.

무슨 일일까요? 넓은 하늘 맨 뒤까지 들리는 그윽하지만, 결코 거칠지 않은 음악처럼 맑고 또렷한 말씀이 들립니다.

—여러분, 오늘 저녁에는 모두 일찍 돌아가시라는 전령입니다.

우— 모두 일어나나 봅니다. 발루아 검정 모자는 참 품(品, 등급)이 있어 보이고, 스페인풍 망토 자락 역시 퍽 보기 좋습니다. 에나멜 구두가 부드러운 융단을 딛는 소리가 빠드득빠드득 꽈리 부는 소리처럼 들립니다. 모두 뿔뿔이 걸어서 갑니다.

이제 회장이 텅 빈 것 같습니다. 군데군데 전등이 몇 개 남아 있을 뿐입니다. 오늘 밤 숙직(宿直, 건물이나 시설 등을 밤새도록 지킴)을 할 늙은 이가 들어오더니, 그나마 하나씩 둘씩 꺼져버립니다. 삽시간에 등불도 다 꺼지고, 어둡고 답답한 하늘에는 츄잉검과 캐러멜 껍데기가 여기저기 흩어져 있습니다. 무슨 일이 있으려나. 대궐에 초상이 났나 봅니다.

나는 팔짱을 끼고 오랫동안 잊어버렸던 우두(牛痘, 천연두) 자국을 만져 보았습니다. 그러고 보니 우리 어머니도, 우리 아버지도 모두 얼굴이 얽으셨습니다. 하지만 두 분 모두 마음만은 착하기 그지없습니다. 우리 아버지는 손톱이 일곱 개밖에 없습니다. 궁내부(宮內府, 1894년 제1차 갑오개혁 때 신설되어 왕실 업무를 총괄한 관청) 활판소(活版所, 활판을 짜서 인쇄하는 곳)에 다닐 때 손가락 세 개를 두 번에 걸쳐 잘리고 말았습니다. 우리 어머니는 생일도, 이름도 모릅니다. 태어나면서부터 친정이 없기 때문입니다. 그래서 나는 외갓집이 있는 사람이 매우 부럽습니다. 하지만 우리 아버지는 장모 있는 사람을 그렇게 부러워하지 않습니다.

나는 두 분께 돈을 갖다 드린 일도, 뭘 사 드린 일도 없습니다. 또 한 번도 절을 해본 일이 없습니다. 두 분이 내게 운동화를 사주시면, 나는 그것을 신고, 두 분이 모르는 골목길로만 다녀 금방 망가뜨리고 말았습니다. 또 월사금(학교에 매달 내던 수업료)을 주시면 두 분이 못 알아보는 글자만을 골라서 배웠습니다. 그랬건만 단 한 번도 나를 미워한 일이 없습니다. 집을 나갔다가 23년 만에 돌아왔더니, 여전히 가난하게 사실 뿐이었습니다. 어머니는 내 대님과 허리띠를 접어주셨고, 아버지는 내 모자와 양복저고리를 걸기 위해 못을 박으셨습니다. 동생도 다 자랐고, 막냇누이도 어느새 아가씨가 되어 있었습니다. 그렇건만 나는 돈을 벌 줄 모릅니다. 어떻게 하면 돈을 벌 수 있을까요? 못 법니다. 못 법니다.

내게는 친구도 없습니다. 어른도 없습니다. 버릇도 없습니다. 뚝심(군세게 버티어 내는 힘)도 없습니다.

손이 뺨을 만집니다. 남의 손처럼 차갑습니다. '무슨 생각을 그렇게 하시나요? 이렇게 야위었는데.' 모체(母體)가 망하려 드는 기색을 알아차렸나 봅니다. 이내 위문(慰問, 불행에 처한 사람이나 수고하는 사람 등을 위로하고 사기를 북돋기 위해 방문하거나 안부를 물음)이 끊이지 않습니다. 그러면 뭘 하나. 속절없을 뿐이지.

나는 내 마음 최후의 재산인 기사(記事)마저도 이미 몰래 내다 버렸습니다. 남은 것이라곤 약 한 봉지와 물 한 그릇 뿐입니다. 어느 날이고, 밤 깊이 너희들이 잠든 틈을 타서 살짝 망하리라. 그 생각이 하나 적혀 있을 뿐입니다. 어머니 아버지에게 말하지 않고, 친구들에게도 전화하지 않은 채 기아(棄兒, 부모 또는 육아의 의무가 있는 사람이 아이를 몰래 내어다 버림)하듯이 망하렵니다.

하하, 비가 오시기 시작합니다. 살랑살랑 물 위에 파문이 어지럽습니다. 고무신 신은 사람처럼 소리가 없습니다. 눈물보다도 고요합니다. 공기는 한층 더 차갑습니다. 까치나 한 마리…… 참, 이 비에 까치집이 새지 않는지 모르겠습니다. 이제 까치도 살기가 어려워져 서울 근방에서는 모두 없어졌나 봅니다. 이렇게 궂은비가 오는 밤에는 우는 사람도 많을 것입니다. 건너편 양옥집 들창이 유달리 환하더니, 결국 누군가가 그 들창을 안으로 닫아 버리고 맙니다. 따뜻한 방이 눈을 감고 실없는 장난을 하려나 봅니다. 마음대로 하라지요, 뭐.

하지만 한데는 너무 춥고, 빗방울은 차차 굵어갑니다. 비가 오네, 비가 오누나. 이제 비가 들기만 하면 날이 새렷다. 그런 계절에 대한 근심이 마음을 불안하게 하는 때, 나는 사람이 불현듯 그리워집니다. 지금 내 곁에는, 내 여인이 벙어리처럼 서 있을 뿐입니다.

나는 가만히 여인의 얼굴을 쳐다봅니다. 참 하얗고도 애처롭습니다. 여인에게는 그전에 달빛 아래서 오래오래 놀던 세월이 있었나 봅니다. 아, 저런 얼굴에…… 하지만 입 맞출 곳이 하나도 없습니다. 입 맞출 자리란, 말하자면 얼굴 중에도 반드시 아무것도 아닌 자그마한 빈 터전이어야만 합니다. 그렇건만 이 여인의 얼굴에는 그런 공지(空地, 빈터)가 단 한 군데도 없습니다. 나는 이 태엽을 감아도 소리 안 나는 여인을 가만히 가져다가 내 마음에다 놓아두는 중입니다. 텅텅 빈 내 모체가 망할 때, 나는 이 '시몬'과 같은 여인을 체(滯, 막히다)한 채 그립니다. 이 여인은 내 마음의 잃어버린 제목입니다. 그리고 미구(未久, 앞으로 곧)에 내어 다 버릴 내 마음을 잠시 걸어 두는 한 개의 못입니다. 육신의 각 부분도 이 모체의 허망함을 묵인하고 있나 봅니다.

"여인이여, 내 그대 몸에는 손가락 하나 대지 않으리라. 그러니 우리 함께 죽읍시다."

"Double Platonic Suicide(동반자살)인가요?"

"아니지요, 두 개의 Single Suicide(자살)이지요."

나는 수첩을 꺼내어 날짜를 짚었습니다. 오늘이 11월 16일이고, 다음 다음 주 휴일이 12월 1일이라고.

"두 주일이군요."

여인의 창호지같이 창백한 얼굴에 금이 가면서 웃음이 살짝 보입니다. 여인은 그윽한 내 공책에 악보처럼 생긴 글자로 증서를 하나 쓰고 지장을 찍어주었습니다.

"틀림없이 같이 죽어드리기로."

"네, 감사하다 뿐이겠습니까."

나는 내가 제일 좋아하는 노래를 생각하며 휘파람을 불었습니다.

나는 세상의 모든 죄송스러운 일을 잊어버리기로 하였습니다. 그리고 깨끗한 손수건을 깃발처럼 흔들었습니다. 패배의 기념입니다.

"저기 저 자동차들은 비가 오는데 어디를 저렇게 가는 걸까요?"

"네, 그 고개 너머에 성모의 시장이 있습니다."

"일 원짜리가 있다니 정말 불을 지르고 싶습니다."

"왜요?"

자동차들은 헤드라이트로 물을 튀기면서 언덕 너머로 언덕 너머로 몰려갑니다. 오늘처럼 척척한 밤공기 속에서는 분도 좀 더 발라야 하고, 향수도 좀 더 강렬한 것이 필요할 것 같습니다.

참 척척합니다(살갗에 닿아서 축축하고 차갑다). 이제 비가 제법 옵니다. 모자 차양(햇볕을 가리거나 비가 들이치는 것을 막기 위하여 처마 끝이나 창문 바깥쪽에 덧붙이는 물건)에서도 물이 뚝뚝 떨어집니다. 두루마기는 속속들이 젖어서 이제 저고리마저 젖기 시작했습니다. 아무도 보는 사람이 없습니다. 아무도 없는데 왜 부끄러워해야 합니까? 나는 누구나 만날 때마다 부끄러워하렵니다. 그러나 그이는 내가 왜 부끄러워하는지 모릅니다.

내 속에 사는 악마는 고생을 많이 한 사람처럼 키가 매우 작습니다. 또 몸무게 역시 몇 푼 되지 않습니다. 그런데 어디서 횡재를 하고 돌아왔습니다. 장갑을 벗으면서 초췌하지만 즐거운 얼굴을 잠시 거울 속으로 엿보나 봅니다. 그러고 나서 깨끗한 도화지 위에 단색으로 풍경화를 한 장 그립니다.

언젠가 한 번 왔다 간 적이 있는 항구입니다. 날이 좀 흐렸습니다. 반찬도 맛이 없습니다. 젊은 사람이 젊은 여인을 곁에 세운 채 우체통에 편지를 넣습니다. 철썩, 어둠은 물과 같이 출렁출렁하나 봅니다. 우체통 안으로 꼭두서니(꼭두서닛과에 속한 여러해살이 덩굴풀) 빗물이 차갑게 튀어서 편지가 젖었을까 생각해봅니다. 젊은 사람이 입맛을 다시더니 곁에 있던 여인과 어깨를 나란히 한 채 부두를 향해 걸어갑니다. 몇 시나 되었을까…… 4시? 해는 어지간히 서쪽으로 기울고, 음산한 바람이 밀물 냄새를 품고 불어옵니다.

"담배 다섯 갑만 주세요. 그리고 오십 전짜리 초콜릿도 하나 주시구요."

여보 하릴없이 실감개 같지…….

"자, 안녕히 계십시오."

골목은 길고 포도(鋪道, 돌·시멘트·아스팔트 따위를 깔아 단단하게 다져 꾸민 도로)에는 귤껍질이 여기저기 흩어졌습니다.

뚜— 부두에서 들려오는 기적 소리가 분명합니다. 뚜—, 이 뚜— 소리에는 옅은 보라색을 칠해야 합니다. '부두'올시다. 에그, 여기도 버스가 있구려.

돛대(선체의 중심 갑판에 수직으로 세운 기둥) 위에서 깃발이 숨이 차서 헐떡헐떡 야단입니다. 젊은 사람은 앞가슴 두 번째 단추를 빼어놓습니다. 누가 암살을 하면 어떻게 하게? 축항(築港, 항구)의 물은 새까맣습니다. 나무토막이 떴습니다. 저놈은 대체 어디서 떨어져 나온 놈일까요? 참, 갈매기가 나네요. 오늘은 헌 옷을 입었습니다. 길이 진가 봅니다.

자, 탑시다. 선벽(船壁, 배의 벽)은 검고, 굴 딱지가 많이 붙어 있습니다.

하여간 탑시다. 시간이 다 된 모양입니다. 뚜―뚜뚜―떠나나 봅니다. 저는 좀 드러눕겠습니다. "저도요!" 좀 동그란 들창으로 좀 내다봐야겠군요. 항구에는 불이 들어왔습니다. 여인의 이마를 좀 짚어봅니다. 따끈따끈합니다. 팔팔 끓습니다. 어쩌나…… 그러지 마요. 담배를 피워 물었습니다. 한 개 피우고, 두 개 피우고, 잇대어 세 개를 피우고, 네 개, 다섯 개, 이렇게 해서 쉰 개를 피우는 동안에 결심하면 됩니다.

"여보, 그동안 당신은 초콜릿이나 잡수세요."

선실에도 불이 켜졌습니다. 모두 피곤하나 봅니다. 마흔 개, 마흔한 개…… 이렇게 해서 어느 사이에 마흔아홉 개를 태워버렸습니다. 혀가 아려서 견디지 못하겠습니다. 초저녁이 흔들립니다.

"여보, 이 꽁초 늘어선 것 좀 봐요! 마흔아홉 개예요. 일어나요, 이제 갑판으로 나갑시다."

여인은 다소곳이 일어나건만 여전히 말이 없습니다. 흐렸군. 별도 없이 바다는 그냥 문을 닫은 것처럼 어둡습니다. 소금 냄새 나는 바람이 여인의 치맛자락을 휘날립니다. 한 개 남은 담배에 불을 붙여 물고, 요거 한 대가 다 타는 동안 마지막 결심을 하면 됩니다.

"여보, 서럽지는 않소?"

여인은 머리를 좌우로 흔듭니다.

"이제 다 탔소!"

문을 닫아라. 배를 벗어 버리는 미끄러운 소리…… 답답한 야음을 떠미는 힘든 소리…… 바다가 깨어지는 요란한 소리…… 굿바이! 악마는 이 그림 한구석에 차근차근 사인을 하였습니다.

두 주일이 속절없이 지나가고, 휴일이 찾아왔습니다. 나는 강변 모래밭을 여인과 함께 걷고 있었습니다. 나는 기침을 합니다. 콜록콜록―콜록―결국 감기가 들고 말았습니다.

바람이 사정없이 불어옵니다. 내 포켓에는 걱정이 하나 들어 있습니다. 여인은 오늘 유달리 키가 작아 보일 뿐만 아니라 생기가 없어 보입니다. 그럴 줄 알았습니다. 당신은 너무 젊습니다. 그렇게 젊은 몸으로 이렇게 자꾸 기일이 천연(遷延, 일이나 날짜 등을 오래 끌어 미루어 감)되는 데서, 나는 불안이 점점 커갈 뿐입니다. 바람을 땡땡 먹은 돛폭(돛을 이루고 있는 넓은 천)을 둘씩 셋씩 세운 상가선(商賈船, 장사할 물건을 싣고 다니는 작은 배)이 뒤이어 올라가고 있습니다. 노래나 한마디 하시구려. 하늘은 차고, 땅은 젖었습니다. 과자보다도 가벼운 여인의 체중입니다.

나는 돌아서서 겨우 담배를 붙여 물고 겸사겸사 한숨을 쉬었습니다. 기침이 납니다. 저리 가봅시다. 방풍림 우거진 속으로 철로가 놓여 있습니다. 까치 한 마리도 없이, 낙엽은 낙엽대로 쌓여서 이 세상에 이렇게 황량한 데가 또 있을까요?

나는 여인의 팔짱을 끼고 질컥질컥하는 낙엽을 밟으면서 자꾸만 동쪽으로 걸었습니다. 자갈을 가득 실은 화물차가 자그마한 기적을 울리며 우리 곁을 지나갑니다. 우리는 그 자리에 서서 동화 같은 그 풍경을 한없이 바라보았습니다. 간혹 낙엽 위로 나 있는 길도 있습니다. 그러나 사람은 단 한 명도 만날 수 없습니다. 어디까지나 황량한 인외경(人外境, 사람이 살고 있지 않은 곳)일 뿐입니다.

　나는 야트막한 여인의 어깨를 어루만지며 장미처럼 생긴 귀에다 대고 부드럽게 말했습니다.

　"집에 갑시다."

　"싫어요. 저는 오늘 아주 나왔어요."

　"닷새만 더 참아요."

　"참지요…… 하지만 그렇게까지 해서라도 꼭 죽어야 하나요? 그러면 죽은 셈 치고, 그 영혼을 제게 빌려주실 순 없나요?"

　"안 됩니다."

　"언제든지 죽어드리겠다는 저당을 붙여도요?"

　"네."

　세상에 이런 일이 또 있습니까? 나는 주머니 속에서 몇 통의 편지를 꺼내 그 자리에서 모두 찢어버리고 말았습니다. 군(君)이 이 편지를 받았을 때, 나는 이미 아무개와 함께 이 세상 사람이 아니리라는, 내 마지막 허영심을 담은 편지였습니다. 하지만 그게 뭐란 말입니까? 과연, 지금 나로서는 내 한목숨도 끊을 만한 용기가 없습니다. 수양(修養)이 되지 않았기 때문입니다. 하지만 힘써 얻어 보겠습니다. 까치도 오지 않는 이 그윽한 수풀 속에 난데없는 떼 상장(喪章, 상중에 있음을 나타내거나 조의를 표하기 위하여 옷깃이나 소매 따위에 다는 이름표)이 쏟아진 것입니다. 여인의 얼굴은 새파래졌습니다.

－死後, 1937년 〈조광〉 6월호

모색

_이 상

바구니의 삼베 보를 벗기자 머루와 다래가 나왔다.

내게 사달라는 것이다. 하지만 나는 머루와 다래의 덜 익은 맛을 좋아하지 않는다. 그래서 들어가지 않겠다고 했다.

도대체 어처구니없이 젊다.

또 하나의 바구니에는 복숭아가 가득 들어 있다. 하지만 그것은 복숭아 같은 모양을 하고는 있지만, 무릇 복숭아는 아니다. 새파랗고 조그마한 다른 과일이다.

그러나 이것은 복숭아인 것이다. 나는 그것을 조금씩 먹어 보고는 깜짝 놀랐다.

대체로 내 혓바닥은 약하다. 금세 맹목(盲目, 사물을 볼 수 없는 눈)이 될 성싶을 만큼.

촌사람들, 특히 아이들은 아귀(염치없이 먹을 것을 탐하는 사람)처럼 입을 물 들이며 먹는다. 나는 그들의 혀가 초인간적으로 건강한 데 혀를 차지 않을 수 없었다. 아니, 촌사람만도 아니다. 파는 사람 자신부터가 열심히 먹으면서 장사를 한다. 그건 그렇게 먹음으로써 다른 사람들에게 식욕을 일으킬 수 있다는 속셈도 있을 것이다. 참으로 늘어진 팔자라고 할 수 있다.

한 사람은 꼬부랑 노인으로서 불행한 운명 때문에 50평생을 이미 꼬깃꼬깃 구겨 버리고 말았다. 보기만 해도 가엾은 얼굴이다. 그리고 또 한 사람은 어처구니없이 젊다. 그녀는 어머니다.

젖먹이 어린놈은 더럽혀진 장난감처럼 지저분하고, 때로는 심술궂게 악을 쓴다. 그런데 어머니는 거의 무신경하다. 그뿐인가. 때 묻은 젖을 축 늘어뜨린 채 머루만 맛있게 씹고 있다.

노인은 한 푼이라도 더 돈으로 바꾸고 싶었을 것이다.

먹지도 않고, 그 곁에서 수연만장(垂涎萬丈, 침을 만 길이나 흘리다. 제 것으로 만들고 싶어 몹시 탐을 내다)하는 내게 "하나쯤 먹어 보는 것도 좋다. 그리고 맛있거든 제발 좀 사 달라"며 울음 반 웃음 반이다.

하지만 나는 나대로 "사지 않을 테니 필요 없다"고 말했다.

그러자 이번에는 어린 것에게 젖을 먹이느라고 잠시 먹던 걸 중지하고 있던 그 젊은 어머니에게 권하는 것이었다. 아마 그녀는 노인의 며느리일 것이다.

며느리는 다시 복숭아와 머루를, 그 시원스런 즙을 입속 가득히 스며들도록 넣으면서 음향 효과 역시 신명 나게 씹고 있다.

무엇보다도 나는 그녀가 어떻게 이렇게 어린놈을 낳았는지, 그것이 불가사의해서 견딜 수 없었다.

아마 서방은 건장한 농사꾼일 것이다. 약간 나이가 위인…… 아니면 나이가 아래일까?

부부의 비밀— 노인의 저 쭈글쭈글한 얼굴에 나타난 단념과 만족의 표정. 아들의 행복은 바로 노인의 행복인 것이다.

이 새댁 역시 언젠가는 저 세피아 색으로 반짝반짝하는 노인이 될 것이다. 나아가 지금 저 가슴팍에 매달려 있는 젖먹이 때문에 자신의 50평생을 희생한 것도 잊은 채 단념과 만족의 생을 보낼 것이다.

새 며느리를 맞이할 즈음, 산에는 다래와 머루가 익을 것이다. 그땐 그것이 벌써 전매특허가 되어 버렸을지도 모른다.

어느덧 모색(暮色, 날이 저물어 가는 무렵의 어스레한 빛)은 마을에 내려와 저 가난한 장사치들도 모두 돌아가고 말았다.

하지만 그 노인만은 홀로 '조세 장려 표항(標杭, 표지)' 옆에서 애달프게 머물러 있었다. 아마 그것 역시 노인의 노파심 때문일 것이다. 하지만 젊은 어머니는 이미 사라지고 없다.

–창작년도 미상

*모색(暮色)–날이 저물어 가는 어스레한 빛

아, 모든 것은 그냥 흘러만 가는가

내 노래에 젖은 내 마음

내 입성에 배인 내 몸매

다만, 소리 없는 흰 나비로

자취 없이 춤추며 사라질 것인가

꽃비 늘어지리 이 흘러가는

여울가에서

온통 숨차게 흔들리는 가슴속.

_오장환, 〈장마철〉 중에서

초여름의 가로(街路)

_허 민

1

아스팔트가 말랑말랑해지고, 희미하게 내려앉은 먼지가 비를 기다린다. 지붕 너머로 언뜻 보이는 포플러나무는 어느 틈에 무성해졌다.

아지랑이가 일렁이고, 그것을 움켜 안은 듯이 저편 비봉산(飛鳳山)과 수정봉(水晶峰)은 너그러운 계절의 페이소스(Pathos, 연민을 자아내는 힘)에 잠들어 있다.

제비가 안테나 위로 흰 배를 밀어 나가고, 굴뚝에 연기(煙氣)처럼 풀어진 구름이 보기만 해도 졸음을 가져다준다.

봄은 생명이 퍽 짧다. 가을 역시 봄과 다름없지만, 인간에게 주는 자극의 강렬함을 생각할 때, 봄은 너무도 짧다. 더구나 시원하게 벗겨진 도시의 봄은 함석집 위에 쏟아지는 햇볕으로 인해 조금도 여유 없이 여름을 부른다.

2

정류장 안으로 들어간다. 큼큼하고 매캐한 공기가 한동안 코를 움켜잡게 한다. 혼잡하다. 버스 도착을 알리는 벨이 울리기 전의 혼잡함은 사람이 사람을 싫어하게 하는 비애를 만든다.

요즘, 나는 전에 없던 우울과 거기서 비롯된 신경의 예민함으로 인해 항상 피곤하다. 이에 작은 소리에도 무척 민감하다. 그래서 누군가 말을 거는 것조차 싫다. 나를 업고 맛있는 식당으로 가자고 해도 구미가 당기지 않는다.

가방, 보퉁이(물건을 보에 싸서 꾸려 놓은 것), 고기, 담뱃대, 갓, 중절모, 안경, 구두, 눈, 코, 입, 수염, 동복(冬服), 춘복(春服), 치마……

보는 것도 한 사람을 여유 있게 보는 것이 아니다. 뭇 사람들의 특이한 점 하나씩만 보일 뿐이다. 그러다 보니 볼수록 권태를 느낀다.

벨이 울리면 기쁘기 그지없다. 이윽고 차(車)가 많은 사람을 태우고 떠나면, 다시 나만 혼자 덩그러니 남게 된다. 그 틈을 이용해 고요가 그 안으로 걸어 들어온다. 나는 덤덤하게 입맛을 다시고 시계 초침(秒針)의 미끄러지는 모습을 바라본다. 그러면, 문득 조금 전에 차를 타고 떠난 사람들이 생각나고, 그들의 안부에 마음이 초조해지곤 한다. 하지만 차는 중간

중간 쉬면서 한 사람씩 내려주고 다시 길을 떠날 것이다.

슬프다. 말없이 만났다가 다시 헤어지는 인간의 비극. 이는 언제까지나 사라지지 않을 지상의 운명이기도 하다.

3

오늘도 상여(喪輿, 사람이 죽었을 때 시신을 운반하는 제구)가 나간다. 그 앞에서 조기(弔旗, 조의를 표하며 다는 깃발) 몇 장이 바람에 펄렁거린다. 상여꾼의 초라한 몸과 상여의 빛깔 없는 모양으로 봐서 넉넉지 못한 집의 초상인가 보다. 얼큰하게 술이 오른 소리꾼이 앞소리(한 사람이 앞서 부르는 소리)를 먹이며, 요령(鐃鈴, 놋쇠로 만든 종 모양의 큰 방울)을 흔드는 모습이 웃음을 머금게 한다. 상제(喪制, 부모나 조부모가 세상을 떠나서 거상 중에 있는 사람)들은 타들어 간 입술과 눈물 마른 눈으로 마치 넋나간 사람처럼 걸음을 옮긴다.

살수차(撒水車, 먼지가 일지 않도록 한길에 물을 뿌리며 다니는 자동차)가 종을 울리며 지날라치면, 먼지가 깜짝 놀란 듯 피하고, 물은 아스팔트를 주린 듯이 입을 벌리며 퍼져 나간다. 저편에서 택시에 탄 신부(新婦)가 살수차 뒤를 쫓아가고, 자전거와 군중은 먼지를 들이마시며 안개 속에서 헤매느라 바쁘다.

가로수의 잎사귀는 벌써 먼지투성이다. 상엿소리는 이어졌다 끊어졌다 한다. 그걸 지켜보는 사람들은 처음에는 죽음에 대한 환멸을 느낀 표정을 보였다가 이내 얼굴 가득 웃음을 띤다. 만일, 이것이 어느 작은 마을에서 일어난 일이면, 이 장의(葬儀)는 한동네 사람들의 비통함 속에서 엄숙하게 거행되었을 것이다.

4

돌아다녀 보면, 모두 첫여름이 가져다주는 우울뿐이다. 결국 지국(支局)으로 돌아온다. 몇몇 친구를 만나서 되지도 않은 말을 중얼거렸더니, 이내 슬퍼진다. 이에 유리창으로 푸른 하늘을 잠시 바라보다가 조용히 눈을 감는다.

요즘 들어 그다지 기쁜 일도 희망도 없다. 나를 위로해주는 것 역시 아무것도 없다. 날마다 어제와 똑같이 날을 보내는 무기력한 생활에 혀를 내두를 뿐이다.

-1938년 4월 29일

*가로(街路)-길, 도로

여동생이 연필로 벽에 그린

비행기를 노을이 물들이면

해마다 한 번씩 돌아와 헤어보는

어머니의 연륜이 달밤이 된다.

-오빠, 학교 졸업하면, 나도 농장에 데려나줘

-암, 염려 말아. 공부만 잘하면야.

말없이 옆에서 바라보고 계시는

어머니의 미소에 박꽃이 떨어진다.

_ 김종환, 〈여름휴가〉

무하록

_김상용

앞을 보지 못하는 아이(盲兒)

복날치고도 뜨거운 햇살이 거리에 내리쬐었다. 이에 더위를 피하고자 전차를 탔다. 하지만 승객들의 체열과 땀 냄새가 더운 공기와 합쳐져, 차 안의 공기는 이미 손에 감길 것처럼 독하고 끈끈하기 그지없었다. 그나마 차가 달리면 약간의 바람이 창을 통해 들어와 공기를 식혀주었다. 이에 승객들은 탁류 속의 물고기마냥 창을 향해 얼굴을 삐죽 내밀곤 했다.

그런 가운데, 나는 앞에 앉아 있던 한 여인을 유심히 쳐다보았다. 초라한 행색이었다. 오랫동안 빗질이라곤 하지 않은 듯한 머리와 때가 덕지덕지 묻은 옷, 화장기 없는 땀에 젖은 얼굴…… 어딘지 모르게 약간 부족해 보였다. 눈에 균형이 없는 것이 사시(두 눈이 정렬되지 않고 서로 다른 지점을 바라보는 시력 장애)요, 스물을 하나둘 넘었을 듯했다. 그런데 무릎 위에 어린애를 뉘이고 있었다.

사실 내가 충격을 받은 것은 여자가 아닌 아이였다. 태어난 지 네댓 달이나 되었을까. 아이는 엄마로 보이는 여자의 행색 못지않게 때가 덕지덕지 묻은 인조견에 몸이 싸인 채 여자의 무릎 위에 잠잠히 누워 있었다. 하지만 눈시울이 서로 맞붙어 있는 것이 앞을 보지 못하는 듯했다.

순간, 나는 이 가엾은 여인이 어느 탕아(蕩兒, 방탕한 사나이)의 성적 폭력의 희생양은 아닌가 하고 의심했다. 하지만 아직 천지가 무엇인지도 모른 채 어미의 무릎 위에 누워 무더운 거리를 달리고 있는 어린 것의 숙명에 비하면, 여인의 가엾음쯤은 전혀 문제가 되지 않았다.

휘황찬란한 전등 아래 놓인 각양각색의 과실을 보고 돌아서다가, 지나가는 맹인을 만나 마음의 충격을 받았다는 모(某) 시인의 글을 읽은 적이 있다. 하지만 그 어린 것이 운명적으로 타고난 비애에 비하면 그것은 아무것도 아니다. 그것은 사람의 흉금(胸襟, 겉으로 드러내지 않고 마음속으로 품은 생각)조차 막기 때문이다.

살만큼 살아본 이는 인생이 얼마나 험한지 잘 알고 있다. 더욱이 그 험한 길을 어린 것이 눈도 없이 살아가야 한다는 걸 생각하면 마음이 아프기 그지없다.

아이는 앞으로 암흑의 길바닥을 막대로 더듬으며 살아가야 할 것이다. 그리고 꽃은 물론 해질 무렵의 아름다운 노을조차 볼 수 없을 것이다.

거리의 영웅(英雄)

이웃 행랑에 박 서방 네가 살았었다. 박 서방 내외와 어린 것이 넷, 그리고 노모까지, 모두 일곱 식구를 박 서방 혼자서 벌어먹였다. 그래서인지 아직 마흔네다섯 살밖에 안 되었지만 심한 고생으로 인해 얼굴에 주름살이 가득했다.

5~6년 전까지만 해도 그는 마차(馬車) 꽤나 부려, 비록 셋방이나마 걱정 없이 살았다고 한다. 하지만 어느 해 겨울, 물건을 가득 싣고 얼음 깔린 언덕길을 올라가다가 말이 미끄러지는 바람에 두 길이나 되는 벼랑에 떨어져 말은 죽고, 그는 다리가 부러진 채 겨우 목숨만 건졌다고 한다. 그리고 석 달 동안 치료를 받았지만 평생 한쪽 다리를 절어야 했다.

문제는 그러는 동안 형편이 더욱 어려워졌고, 남아 있던 마차마저 다른 사람에게 넘어가고 말았다는 것이다. 할 수 없이 지게를 진 채 품삯을 팔러 다녀야 했다. 마차를 부릴 때에 비하면, 수입이 보잘 것 없었지만 달리 방법이 없었다. 더욱이 그러는 동안에도 아이가 둘이나 늘었다.

결국, 얼마 후에는 방세를 낼 돈마저 떨어지고 말았다. 이에 물을 길어주는 조건으로 지금 사는 행랑 한 칸을 겨우 얻어, 일곱 식구가 이사를 왔다. 그러다 보니 박 서방의 벌이가 시원찮은 날이면, 온 가족이 끼니를 거를 수밖에 없었다.

어느 날, 박 서방이 내게 돈을 빌리러 온 일이 있었다.

"세상에 정말 기막힌 일도 많습니다. 어린 것들이 배가 고프다며 우는데, 어미 아비가 되어서 먹을 것 하나 주지 못하는 걸 생각해보십시오. 아마 이보다 더 기막힌 일은 없을 것입니다. 두 끼를 굶은 아이들이 넘어져서 우는 것을 차마 볼 수가 없습니다."

그의 눈에는 이미 눈물이 가득 고여 있었다.

얼마 후 눈이 펄펄 휘날리는 초겨울 저녁, 나는 집으로 돌아오는 그를 본 적이 있다. 어떻게 된 일인지, 그날따라 그의 주름진 얼굴 가득 웃음기를 띠고 있었다.

"오늘은 벌이가 괜찮아서, 아이들이 먹고 싶어 하는 걸 몇 가지 사 가는 길입니다."

과연, 그의 지게에는 작은 쌀 주머니와 청어 몇 마리가 실려 있었다. 아마 그마저도 오늘 밤 먹고 나면 끝일 것이다.

한쪽 다리를 절며 기분 좋게 제집을 향해 올라가는 박 서방. 나는 더는 그를 지켜볼 수 없었다. 그는 부러진 다리와 나무막대 하나로 일곱 식구의 목숨을 악착같이 책임지고 있었다.

무명의 영웅! 나는 그를 결코 잊을 수 없다.

이웃집에서 행랑마저 쓸 일이 있게 되어, 그가 여섯 노유(老幼, 늙은이와 어린아이)를 앞세우고 남촌(南村) 어딘가로 떠난 지도 벌써 일 년. 아마 지금도 그는 어느 거리를 헤매고 있을 것이다.

역설(逆說)

한 달에 한 번씩 회계과 창문을 통해 내밀어지는 납작한 봉투 한 장. 그 안에는 십여 명 식구들의 옷과 밥은 물론 교육비 및 의료비, 오락비 내지 별의별 세금을 책임지는 것이 들어 있다. 그러니, 분명 요술 주머니임이 틀림없다.

하지만 요술 주머니이되, 요술 주머니가 아니다. 끊임없이 나오는 것이 아니기 때문이다. 경험해본 사람은 안다. 한참 그 안에 들어 있는 것을 꺼내다 보면, 결국 주머니가 털털 비고 만다는 것을. 그러니, 저축은 생각할 수도 없다.

이를 악물고 아이들의 허리띠를 졸라매 볼까. 그래서 몇 푼이라도 떨어지면 십 년, 이십 년 저축이라도 해볼까. 아서라! 그런들 얼마나 모을 수 있겠는가.

저 귀금속 진열장 속에서 반짝반짝하는 돌 달린 고리 하나를 두고 생각해볼까. 이는 정가표 농(弄, 희롱)이 아니다. 성한 사람이 제정신으로 붙인 것이라면 이십 년 아니라 이백 년을 모은 들 내 것이 될 수 없기 때문이다. 다른 사람이야 어찌 보건, 나만은 대장부로 믿는 것이 인간의 아름답지 못한 선성(善性)이다. 그런데 대장부 하나가 일평생을 간두(竿頭, 더할 수 없이 어렵고 위태로운 지경)에 달더라도 저 조그만 돌 한 개 얻을 수 없는 것이 현실이다.

나와 내 친구의 비극은 여기서부터 시작된다. 그러나 저 돌과 일 전짜리 유리알은 어떻게 구별할 것인가. 나는 이 문제에 눌려 어렴풋이 맥을 푼다. 결국, 이 문제의 답은 영원히 해결할 수 없는 것인가.

아—6층에 이르는 수백 개의 계단을 올랐다 내려가는 목적이 오직 여기 있었구나. 천요만염(千妖萬艶, 온갖 요망한 짓과 아름다운 짓을 아울러 이르는 말)이 빛을 다투는 가운데, 나는 하필 '스토아'적 견유(犬儒, 기성의 권위와 가치를 멸시하여, 세상을 냉소적으로 보는 학자)로 태어남

이 슬프기 그지없다.

부성애(父性愛)

사치와 일락(逸樂, 편안히 놀기를 즐김)의 거리, 사치스럽고 화려한 돈의 잔치가 밤낮으로 벌어진다. 상 가득 산해진미가 차려졌건만 오히려 젓가락 옮길 곳이 없다.

그런 곳에 비하면, 지금 내가 앉아 있는 이곳은 너무도 질박하다. 실리적이라고나 할까. 출입문 유리창에 붙어 있는 '설렁탕' 석 자가 이 집의 존재의 의의를 말해주고 있을 뿐이다.

커다란 무쇠 가마에서는 소 다리를 삶는 김이 무럭무럭 피어오른다. 구수한 냄새가 코를 자극한다. 그렇다면 뚝배기 가득 따뜻한 국밥으로 뱃가죽의 주름을 펴면 그만 아닌가.

나는 우선 모자와 윗옷이 없어도 출입을 허락하는 이 집의 관용에 감사한다. 흙 묻은 마룻바닥, 질 소래기(진흙으로 만든 밑이 납작하고 깊이가 약간 있는 그릇), 채반(싸릿개비나 버들가지로 울이 없이 넓적하게 엮어 만든 그릇), 김은 살빛, 땀 냄새와 파리……

체(가루를 곱게 치거나 액체를 받거나 거르는 데 쓰는 기구) 장수 부부가 지고 들고 있던 물건을 문 앞에 내려놓고 들어왔다. 분명 그들의 자녀일 두 어린 것이 뒤따라 들어와 내 앞에 자리를 정한 후 한편에 두 명씩 마주앉는다.

"설렁탕, 한 그릇만 주세요."

남편 되는사람이 종업원을 향해 공손하게 말했다.

잠시 후 종업원은 설렁탕 한 그릇과 김치를 그들 앞에 내려놓았다.

"미안하지만, 숟가락 두 개만 더 주세요."

이번에도 남편 되는 사람이 종업원을 향해 공손하게 말했다.

종업원은 여전히 이렇다저렇다 말없이 숟가락 두 개를 가져다가 설렁탕 그릇에 넣어준다. 그러자 아내 되는 여자와 두 아이가 숟가락을 들었고, 여자는 소금과 파를 이용해 간을 맞추었다. 그러고는 남자를 향해 숟가락을 내밀며 말했다.

"자—잡숴보세요."

"난 됐소. 속이 좋지 않아서 못 먹겠으니, 당신과 애들이나 먹으시오."

"그러지 말고 좀 잡숴 보세요. 뭘 드셨다고 속이 안 좋다고 그래요?"

"허 참, 먹은 것이 없어도 속이 안 좋다니까 그러는구려. 난 담배나 피울 테니, 어서 먹어요. 아이들이 배고파하잖소."

결국, 아내는 두 어린 것과 함께 설렁탕을 먹기 시작했다. 하지만 두 어린 것이 밥을 뜰 때마다 숟가락 위에 김치를 놓아주고, 고기를 골라 똑같이 나눠주느라 바빴다. 그러다 보니 밥 먹을 틈이 없었다. 한 수저 떴다고 해도 그 안에는 약간의 국물만 있을 뿐이었다.

그동안 남편은 몇 개의 담배꽁초를 부숴 곰방대에 채워 넣은 후 한 모금 빨며 세 사람을 쳐다본다. 하얀 담배 연기가 그의 얼굴을 스치며 거미줄 낀 천장을 향해 피어올랐다.

- 1938년 8월 19일~8월 25일 〈동아일보〉

비는오고

어머니는아니오시고

바람은불고

수수밭은스르렁이는데

나는기다림만쌓이고

그리고또어느날은

여름밤 모깃불 보리껄 타는 냄새

모기란놈 울음에 아릿한추억.

_이양우, 〈여름밤〉 중에서

나는 파리입니다

_**김남천**

나는 파리다. 이름은 아직 없다—이렇게 쓰기 시작하고 보니, 나는 고양이다. 이름은 아직 없다—나쓰메 소세키의 인기 소설의 허두(虛頭, 글이나 말의 첫머리)를 잡았던 '나는 고양이다'가 생각난다. 그 뒤에 그 고양이에게는 필시 귀엽고 아름다운 이름이 붙었을 것이다. 그러나 나는 영원히 이름이란 걸 가져볼 수 없을 것이다. 아니, 우리 족속 중 이름을 가져본 조상은 아마 없을 것이다. 단지, 우리에게는 종류를 구별하기 위한 '장르'적 명칭이라고 할 만한 것이 있을 따름이다. 쇠파리, 왕파리, 쉬파리, 청파리, 똥파리 등등…….

그런데 나는 나 자신에 대해 한 가지 자랑할 만한 게 있다. 그것은 다름 아닌 나의 고향이다. 사람치고 제 고향을 모르는 이는 아마 없을 것이다. 그러나 동물은 대부분 자기가 태어난 곳을 모른다.

사람들이 주고받는 말 중에 "개구리가 올챙이 시절을 모른다."는 말이 있다. 이는 자기 출생이나 성장에 대한 기억을 잃었거나 망각한 것을 두고 하는 말이다. 그러니 고향을 모르는 '놈팡이'라고까지야 할 수 없지만, 하필이면 다른 동물을 다 두고 왜 '개구리'라는 이름을 빌렸는지 의문이 남는다. 생각건대, 개구리의 심각한 건망증 때문이리라. 그러고 보면 개구리의 건망증을 가히 추상(推想, 미루어 생각하다)할만하다.

이놈이 오월 단오 전후해서 논두렁이나 수챗구멍에서 재갈거리며(나직한 소리로 조금 떠들썩하게 자꾸 이야기하는) 독창인지 합창인지 모르게 떠들어댈 때면, 아닌 게 아니라 올챙이 때처럼 흉한 꼬리를 달고 개천 구덩이에서 몰려다니던 때를 잊었거나 개구리 알 시절을 잊었음이 분명하다. 그러니 이런 놈에게 고향을 묻는다면 도리질을 하든지 그렇지 않으면 광산쟁이처럼 대포나 꽝꽝 쏠 게 틀림없다. 나아가 십중팔구는 시골 논두렁에서 태어났으면서 경회루(경복궁에 있는 누각)나 덕수궁 연못, 창경궁 춘당지 연뿌리 밑에서 부처님처럼 솟아 나왔다고 말할 것이 틀림없다.

그러나 나는 그렇지 않다. 정직할 뿐만 아니라 기억 역시 확실하다. 사람도 제 어미 아비가 가르쳐주지 않으면 태어날 때의 일을 기억할 리 없다. 부모가 공력을 들여가며 똥오줌 받아내고, 추울세라 더울세라, 그야말로 손끝으로 길러낸 자식들이 스물 안짝만 넘어서면 저 혼자 자란 것처럼 부모의 은덕을 잊고, 마지막에는 칼부림까지 하는 놈이 수두룩한 세상이니, 또다시 말할 게 뭔가.

나는 조선하고도 평안남도 성천군 성천면 하부리—안타깝게도 아직 번지수를 모른다. 이게 누구네 집이면 문패를 달아놓은 곳으로 윙─하니 날아가 보면 그만일 텐데, 인가(人家, 사람이 사는 집)에서 좀 떨어져 있는 밭 한가운데서 태어났기 때문이다. 그것도 채소밭이나 보리밭이 아닌 뽕밭이나 감자밭 사이에 있는 돼지우리에서.

그곳에는 번지수가 없다. 소유자의 서명이 붙어 있을 뿐이다. 결국, 내가 태어난 곳의 번지수를 알려면 밭 소유자를 알아낸 후 밭의 증명 서류를 찾아야만 한다.

열심히 애쓴 결과, 소유자는 알아냈다. 포목점을 하는 박 아무개였다. 이에 나는 그 집에 숨어들어 온갖 고초를 당하면서 밭의 증명 서류를 찾기 위해 노력했다. 필시, 서류는 금고 옆에 있을 터였다. 하지만 끝내 찾을 수 없었다. 나중에 안 사실이지만─돈을 빌리느라 두 번씩이나 저당을 잡혀 어느 지주의 금고에 들어가 있었기 때문이다. 나는 장거리 비상을 좋아하지 않는다. 그래서 십 리 이상 날아갈 생각이 없다. 이에 아직도 태어난 곳의 번지수를 모른 채 지내고 있다.

그렇다면 이제 남은 것은 돼지우리 주인을 알아내는 것이다. 하지만 나는 그 주인을 이미 알고 있다. 그는 그곳을 빌린 대가로 박 포목상에게 일 년에 2원씩 세를 내고 있다.

돼지우리 문이 있는 쪽을 보면 '소유자 최가매(崔哥妹)'라고 써 붙인 작은 나무 조각이 붙어 있다. 어찌 된 놈의 이름이 이 모양이냐고 조사해 보니 최 씨 동네 첩으로 늙은 퇴기의 호적상 이름이었다. 아마 마을 사람 중 그의 이름이 '가매'인 것을 아는 사람은 한 명도 없을 것이다. 얼굴을 알고 있는 사람들은 '최 씨 동네 할머니'라 부르고, 다른 마을에서는 '최 씨 동네 노인네' 또는 '방송국'이라 부르기 때문이다. 남의 흉을 잘 보고, 말을 잘 옮기며, 음해를 잘하고, 소식을 잘 전한다고 해서, 그 집에 와서 순두부나 비지를 시켜 술을 먹는 젊은 주정뱅이 관청 나리들이 붙여준 별명이다.

구더기를 거쳐 파리가 되는 과정은 동물학자에게 물으면 될 것이다. 또는 이즈음, 도(道) 위생과에서 시골 마을을 순회하면서 보여주는 영상 자료를 보면 모든 것이 명료해진다. 그런데 과대망상증에 걸린 사대주 의자들은 나를 무슨 강도나 호랑이처럼 취급하곤 한다. 이에 내가 무심 결에 하는 행동 하나하나를 확대해서 위생에 관한 영화를 만들고, 서 푼 짜리 화가들을 시켜서 포스터를 그리며, 게시판 같은 곳에 '무서운 전염 병의 매개자 파리를 박멸하라'며 무시무시한 글을 써 붙이곤 한다. 질색 할 노릇이다. 내가 인간을 무슨 원수 취급하는 줄 아는 모양이다.

사람의 원수는 사람들 자신이다. 다른 족속이 무엇 때문에 사람의 원수 가 된단 말인가. 사람의 법률에도 의식하지 않고 저지른 실수는 과실이라 고 해서 범죄를 구성하지 못하거나 죄가 경감되지 않는가. 하물며 다른 족속이 생존을 위해서 하는 행동이거늘, 내가 사람들의 원수가 될 게 뭐 가 있겠는가. 그러니 만물의 영장이니, 문화인이니 하는 사람들이 우리를 원수 취급한다는 것 자체가 벌써 심각한 자기 폄하(貶下, 깎아내림)다. 나 아가 '저런 파리같이 더러운 놈'이니, 'X에 치운 파리 같은 놈'이니 등 가 장 더러운 물건 중에도 제일 하찮은 초개(草芥, 하찮은 물건)보다도 더 가치 없는 것으로 우리를 모욕하고 깔보면서 그런 것을 자신과 대등한 지위에 올려놓고 적이니, 원수니 하니, 대체 어찌 된 일이난 말이다.

사람들이 자신의 재능을 서양의 누구처럼 전기를 일으키는 기계를 만든다든지, 하다못해 조선의 발명가들처럼 셀룰로이드 동정이라도 생각해놓으면 인류의 생활도 향상될 것이요, 장사 역시 잘 될 것이다. 그런데 무엇 때문에 파리 죽이는 약이나 기구를 연구해내고 있다는 말인가.

처음에는 파리채라는 걸로 딱—딱—마치 아이가 장난하듯 우리를 후려갈겨서 죽이려 하더니, 지금은 파리통이라는 것까지 생겼다. 이는 유리로 만든 통으로, 그 안에 밥알이나 뼈다귀 부스러기를 넣은 후 우리를 빠져나오지 못하게 하는 것이다.

수많은 우리 족속이 그 안에서 죽어갔다. 그러나 속는 것도 한두 번이다. 이에 사람들은 한번 붙으면 빠져나올 수 없는 끈끈이를 만들어 우리를 위협했다. 부뚜막이나 음식물을 덮는 헝겊 등 우리가 잘 출입하는 곳에 그놈을 갖다 놓는데, 기름이 번질번질한 것에 그만 홀려서 윙—하고 날아갔다 가는 그 날이 마지막이다. 다리고, 날개고, 딱 붙어서 떼려야 뗄 수 없기 때문이다. 빠져나오기 위해 애쓰면 애쓸수록 점점 더 지독하게 붙어버리고 만다. 그 모습을 보고 뭘 달게 먹는 줄 알고 날아온 친구들이나 구조해주기 위해 왔던 친구들 역시 두말없이 붙어버린다. 그러니 이 부근에서는 저공비행도 해서는 안 된다. 모름지기 군자라면 이를 절대 가까이 하지 말 일이다.

최근 몇 년 동안 생겨난 것 중에는 십여 가지 물약도 있다. 사실 이것이야말로 질색이다. 우리 동네에서 국장이나 군수 정도는 못되어도 그래도 제법 좌수(座首, 조선 시대 지방의 자치기구인 향청의 우두머리) 소리를 들으며 지혜롭기로 소문난 나 역시 이것에 걸려 염라대왕 앞까지 갔던 일이 있다.

언젠가 김 아무개 네 집 맏아들이 서울서 내려왔다기에 꼬락서니를 좀 보려고 돼지 물 주러 왔던 방송국 집 며느리 잔등에 붙어서 그의 방까지 갔던 일이 있다. 발(을 쳐놓아서 들어갈 수는 없고, 문지방에 붙어서 그를 보고 있자니, 대학에 다니다가 신경 쇠약에 걸려서 왔다는 놈이 꽃이 그려진 편지지에 눈이 발개져서 뭔가를 열심히 쓰고 있었다. 그때 마침 소 닭 보듯 하는 그의 아내가 참외인가 뭔가를 깎아서 오기에 그 위에 올라 앉았다. 그런데 이 여편네가 들고 오는 참외에 정신이 있었으면 왼손으로 획—하고 나를 날려 보내려고 했을 텐데, 글자는 몰라도 꽃이 그려진 편지지는 알고 있는지라 금세 눈에 쌍심지가 서서 남편을 흘겨보는 게 아닌가. 그래서인지 내게는 신경도 쓰지 않았다. 이에 책상 밑에 내버려둔 참외를 나 혼자 먹으면서 나는 그들의 대화를 엿들었다.

"누구에게 편지라도 하게요?"

여자가 노여움을 제법 죽인 채 물었다.

"응, 친구에게."

그러면서 아내를 쳐다보니 일본 무사처럼 생긴 그 얼굴이 어딘가 마뜩잖아 보였다. 이에 한마디 더 쏘아붙이고 말았다.

"왜, 당신이 그건 알아서 뭐하게?"

그러자 화가 난 아내는 휭—하니 그대로 나가 버렸다. 편지 쓰던 단맛을 잃은 남편은 기름 바른 머리카락을 긁적긁적 긁었다. 그러고는 그제야 참외 그릇 위에 있는 나를 보았는지 '이놈의 파리' 하면서 옆에 있는 가죽채를 들어 나를 향해 후려갈겼다. 그러나 그렇게 쉽사리 죽을 내가 아니다. 나는 획—하고 목을 뻗쳐 천장을 향해 달아났다. 그랬더니 유카다(목욕 후 또는 여름철에 입는 무명 홑옷) 차림 그대로 일어서서 멍하니 나를 쳐다보았다. 닭 쫓던 개 지붕 쳐다보는 심정이 이럴까.

하지만 웬걸, 잠시 후 농 밑에서 사이다병 같은 걸 꺼내더니 구멍 뚫린 쇠를 입에 물고 획—하고 안개 같은 걸 내뿜었다. 나는 정신을 잃지 않으려 애썼지만 이미 늦은 뒤였다. 얼마나 지났을까. 다시 정신이 들어 눈을 떠보니, 이미 밤이 깊어 몸이 으슬으슬한 가운데, 나는 쓰레기통 속에 누워 있었다.

- 1938년 8월 〈조광〉 '여름 정서의 특집'

도피행

_김남천

이 짤막한 이야기의 남녀 주인공 이름은 '광식'이와 '안나'다. 물론 광식이가 '남자'고, 안나가 '여자'다. 광식이는 청년 소설가이요, 안나는 종로 어떤 바에서 일하는 착하고 예쁘장하게 생긴 여급이다. ― 이렇게 말해도 여러분은 이 두 젊은 남녀를 알지 못할 것이다. 특히 〈조광〉만 사보고 〈여성〉이라는 여성잡지를 사 읽지 않은 사람은 아마 잘 알지 못할 것이다. 사실인즉슨, 이 두 사람은 〈여성〉에 연재되고 있는 《애인》이라는 소설의 주인공이다. 그러니까 이 두 사람의 이름을 지어준 사람은 《애인》의 작가 안회남 군이다.

나는 이 자리에 그 두 사람을 잠시 빌려오고자 한다. 이 두 남녀의 창조자인 안회남 군은 나와 친분 있는 사람으로, 언제 엽서를 통해 다음과 같이 두어 마디쯤 적어 보내면 될 터이다.

"귀형의 창조물 두어 분을 빌려 함께 산책이라도 하려고 하니, 그리 아시길 바랍니다."

광식이와 안나는 벌써 두어 차례 〈여성〉지에서 대면한 적이 있다. 그러므로 좋은 말로 꾀이면 어렵잖게 내 말을 들어줄 것이다. 그래서 지금 이 두 아리따운 젊은 연인을 데리고 인천 월미도에라도 하루쯤 가보려고 한다.

〈여성〉을 읽지 않은 분들을 위해 두 사람을 간단히 소개하자면 다음과 같다.

광식이는 청년 소설가로 아내도 있고, 자식도 있다. 또 먹고 살 만큼 재산 역시 충분하다. 그런데 어느 날, 안나가 일하는 바에 갔다가 이러저러한 얘기 끝에 연애를 시작한다. '이러저러한' 연애 과정을 설명하라고? 그거야 굳이 이러니저러니 하지 않아도 상상만으로도 충분하지 않을까.

남자란 술잔이나 들어가면 때때로 싱거워지는바, 광식이 역시 술 몇 잔에 얼큰해져서 글줄이나 쓰는 척, 점잖은 척, 돈 좀 있는 척, 그리고 여자의 심리에 대해서 제법 아는 척했을 것이고, 안나 역시 이에 은근히 반했을 것이 뻔하다.

비록 여급이지만 안나는 마음씨 곱고 얌전한 천생 여자다. 물론 소설에 나올 만한 여자니 얼굴 역시 예쁘다. 나아가 악녀가 아닌지라 점잖은 청년을 좋아하고, 평범한 여자인지라 소설깨나 쓰는 사람을 우러러보았고…… 그 결과, 두 사람은 만남과 동시에 서로 호감을 느끼다가 작가인 안 군은 물론 이 글을 쓰고 있는 나도 모르는 사이에 사랑에 빠지고 말았다. 그런데 얼마 후 그만 두 사람 사이에 깜짝 놀랄 일이 하나 생겼다. 물론 광식이게 처자가 있으니 그것만으로도 그들의 사랑에 파란(波瀾)이 있을 것은 당연했다.

어느 날, 두 사람이 창경원 산책을 하던 때였다. 안나가 깜짝 놀랄 고백을 했다. 자신에게 남편이 있다는 것이었다.

처자가 있는 사내와 남편이 있는 여자—과연, 이 두 사람의 사랑은 어떻게 될 것인가?

어젯밤, 광식이는 바에 들러 날도 덥고 하니 인천이나 다녀오자며 안나와 약속을 하였다.

"안나 씨, 남들은 금강산이니, 석왕사니, 원산이니 하지만, 우리는 인천이라도 한 번 가 봅시다. 가서 바람이라도 한 번 쐬면서 이 좁은 서울에서 잠시라도 벗어나 봅시다. 아무도 보지 않고 엿듣지 않는, 우리 단 두 사람만의 세계를 단 하루라도 만들어 보자고요. 그리고 칼로 무 자르듯이 우리 관계를 딱 끊어버립시다."

술기운도 있는 데가 소설을 쓰는 작가인지라 제법 연극조로 소곤소곤하게 말했다. 그러나 안나는 냉정하게 머리를 살랑살랑 저어버렸다.

"안 돼요. 이 자리에서 우리 관계를 딱 끊어야 해요. 선생님도 다시는 여기에 오지 마시고, 저는 저대로 곧 짐을 싸서 시골로 내려가겠어요."

"그러니까 인천에 가서 모든 감정과 우울한 심사를 바다에 깨끗이 씻어버리고 돌아오자는 게 아닙니까?"

광식이 재차 요구하자 안나 역시 결국 머리를 수그리고 말았다.

'이것이 마지막이라고 하면서, 그동안 몇 번을 더 만났었던가. 이제 인천이 마지막, 바다가 마지막이라고 하지만……'

안나는 이렇게 생각했다. 물론 이런 생각은 광식도 하고 있었다. 더는 만나서는 안 된다고, 다시는 안 만나리라고. 하지만 그렇게 다짐하고 헤어지면 또다시 금방 보고 싶은 것을.

안나가 다소곳이 머리를 수그리고 있는 틈을 타 광식이 제 말을 이어간다.

"그럼, 내일 아침 아홉 시까지 역으로 나오세요. 이등 대기실에……"

깜짝 놀란 안나가 머리를 들었다. 약속을 뿌리치려는 것이었다. 그러자 이를 알기라도 하듯, 광식이 자리에서 일어나 계산대를 향해 걸어갔다.

"계산서 가져올 테니, 자리에 앉아 계세요"

속이 탄 안나는 광식이 다시 의자에 앉기만을 기다렸다. 하지만 계산을 끝낸 광식은 그대로 밖으로 나가버렸다.

이렇게 해서 두 사람은 오늘, 여름도 복중으로 접어든 맑은 공휴일 아침, 인천 가는 기차에 몸을 싣게 되었다.

"오늘은 또 어디 가시게요?"

꼬치꼬치 캐묻는 아내를 떨쳐버리고 집을 나선 광식이었다. 안나 역시 사람들의 눈을 피해 다른 남자와 놀러 가는 것이 꺼림칙하긴 마찬가지였다.

'이제 더는 만나지 않을 것이니, 오늘 하루쯤 같이 보낸들 어쩌랴.'

한 시간 넘게 차창을 내다보며 마주 앉아 이야기하고 즐기는 사이, 두 사람은 마음을 짓누르는 착잡한 감정에서 다소 벗어날 수 있었다.

인천역에서 내린 두 사람은 다른 손님 사이를 비집고 들어가 월미도 가는 버스를 탔다. 승객으로 가득 찬 버스는 몹시 느렸다. 그래도 바다를 양쪽에 끼고 판판한 시멘트 길을 달릴 때는 제법 속도가 빨라졌다.

잠시 후 버스가 월미도에 도착했다. 자갈을 깐 나무속의 굽은 길을 굽이굽이 돌아서 버스는 조탕(潮湯, 바닷물을 끓여서 이용하는 목욕탕)이 있는 정류장 앞에 멈췄다.

"간단하게 점심이라도 먹을까요?"

광식이 수영장을 바라보며 말했다. 이미 많은 사람이 헤엄을 치거나 물을 끼얹고 있었다.

"아직 괜찮은데, 저리로 가세요."

안나가 모래가 깔린 바닷가를 가리켰다.

"그럼, 그렇게 하시죠."

두 사람은 나란히 서서 백사장을 향해 걸었다. 백사장 위 그늘진 곳에 벤치가 있었다. 누가 권하지도 않았는데, 약속이나 한 것처럼 두 사람은 그 낡은 의자에 가지런히 걸쳐 앉았다. 멀찌감치 흰 모자를 쓴 여학생이 그림을 그리고 있는 것이 내려다보였다.

흰 구름이 바다 저편에 가볍게 떠 있었다. 그 앞으로 범선 세 척이 지나가고 있다. 물새 몇 마리가 날개를 번뜩이며 물 위를 날다가 범선 뒤로 숨어버렸다. 바다는 고요해서 물소리 역시 은은했다.

"휴―, 언제까지나 이렇게 나란히 앉아서 바람도 쐬고, 달도 봤으면."

안나가 한숨을 길게 내쉬며 말했다.

"소원이라면 그렇게 하시죠. 못할 일도 아니잖아요?"

광식이 안나의 근심 어린 얼굴을 들여다보며 말했다.

"그렇게 할 수 없으니까 하는 말이지요. 아니, 할 수는 있지만 하고 난 뒤가……"

"이제 그런 생각은 그만두고 자연 속에 우리의 혼을 묻어봅시다. 모든 걸 잊고……"

광식이 안나의 손을 꼭 쥐었다. 그러자 안나가 얼굴이 발개진 채 낯을 수그린다. 광식은 그런 안나의 허리를 팔로 감았다. '안 됩니다'라고 말하려는 안나의 표정이 뭔가를 기대하는 것처럼 보였다.

광식은 안나의 얼굴 가까이 입술을 가져갔다.

"이대로 항구까지 걸어갑시다."

두 사람은 의자에서 몸을 일으켜 해변과 반대 방향을 향해 걸었다.

기선이 들어오는 것이 보였다.

"차라리 이대로 먼 곳으로 갔으면……"

안나가 웃으면서 광식의 얼굴을 쳐다보았다.

"그럼, 이 길로 대련이나 상해로 갈까요?"

두 사람은 발을 멈추고 그 자리에 우뚝 섰다. 바닷물이 몰려와 바위에 부서지고 있었다.

와—아, 하고 물결이 몰려왔다가 물러간 뒤에 기적이 부—웅 운다.

– 1939년 8월 〈조광〉 '사건 있는 해변풍경' 특집

숲향기 숨길을 가로막았소

발끝에 구슬이 깨이어지고

달따라 들길을 걸어다니다

하룻밤 여름을 새워버렸소.

_김영랑, 〈숲향기〉

여름의 유머

_이광수

─소가 웃는다

보는 마음, 보는 각도에 따라서 같은 것이 다르게 보이기도 한다. 이것이 극에 달하면 똑같은 세계를 어떤 이는 지옥으로 보고, 다른 이는 극락으로 보며, 또 다른 이는 텅 빈 것으로 보기도 한다.

농촌의 여름 역시 마찬가지다. 이를 즐겁게 보는 이가 있는가 하면, 괴롭게 보는 이도 있으며, 고락(苦樂, 괴로움과 즐거움)의 상반(相反, 서로 반대되거나 어긋남)으로 보는 이도 있다. 이를 두고 어느 것이 참이요, 어느 것이 거짓이라고 말할 수는 없다. 보는 이의 마음과 보는 각도에 따라서 변하기 때문이다.

여름의 농촌을 유머의 마음, 유머의 각도에서 보는 것 역시 마찬가지다.

초복을 앞둔 어느 날 아침이었다. 나는 소를 개울가에 내어 다 매고 방에 앉아서 뒤꼍을 보고 있었다. 옥수수에 붉은 솔이 늘어진 것이 꼭 등에

업힌 어린애 같았다. 언제 봐도 그랬다.

옥수수대는 어린 것이 잠이 깰세라 고이고이 업고 있었다. 달리아의 자줏빛, 보랏빛, 원추리 꽃의 노란빛, 호박꽃, 오이꽃도 노랗고…… 복숭아꽃, 살구꽃은 붉거나 분홍이었다. 꽃들의 이런 빛과 처녀나 아기들의 분홍치마, 노란 저고리나 다 같은 뜻이라고 생각하고 빙그레 웃고 있을 때 삼각산과 불암산이 차례로 스러지고, 문재 봉우리에 뽀얗게 비가 묻어 들어왔다.

저 건너 갈뫼봉에
비가 묻어 들어온다.
우장(雨裝, 비를 맞지 않기 위해 쓰는 우산, 도롱이, 갈 삿갓 따위)을
허리에 두르고
기심('잡초'를 일컫는 경상도 사투리) 매러 갈까나.

언제 들어도 좋은 우리 농촌의 정조(情操, 아름다움)다.
비는 큰소리를 내머 내렸다.
'소!'
나는 문득 개울가에 매어놓은 소가 생각났다. 이렇게 선선한데 과연 비를 맞혀도 좋을까. 올해 들어 소를 처음 매어 본 나는 소의 습성에 대해서 잘 알지 못했다. 이에 여름비를 좀 맞는 것이 좋을 것도 같았고, 비를 맞는 것이 고통일 것 같기도 했다.

그의 코 안 꿰인 조상들이야 비도 맞고 추운 데서 잠도 잤겠지만 수백 대를 외양간에서 살아온 그는 조상들의 기운을 많이 잃어서 찬비에 못 견딜는지 모른다.

결국, 나는 소를 끌어들이기로 결심하고 대단히 큰일이나 하러 가는 사람처럼 비를 뚫고 개울가로 나갔다.

소는 시름없이 풀을 뜯고 있다가 고개를 들어 나를 바라보았다. 말은 못하지만 반가운 것이다.

나는 소를 매어둔 말뚝을 뽑아 들고, 소를 향해 이렇게 외쳤다.

"이랴!"

그런데, 그 순간 비가 그치고 말았다. 동쪽 하늘이 훤하게 열리고 있었다. 나는 얼빠진 사람처럼 하늘을 휘둘러보고는 싱거운 듯이 웃었다. 그리고 다시 말뚝을 박아 놓고 집으로 향했다. 그러자 소는 또 한 번 고개를 들어 나를 쳐다보았다.

집에 오는 길에 이웃 사람이 꾀죄죄하게 젖은 내 꼴을 보고 빙글빙글 웃으며 말했다.

"비 맞고 어딜 갔다 오슈?"

나는 말없이 웃고 말았다.

강아지와 소는 그리 좋은 사이가 아니다. 강아지라고 다 그런지는 모르지만, 우리 집 놈은 소를 못살게 구는 것을 큰 재미로 삼는다.

소가 외양간에 들어오면 오요(강아지 이름)는 소 곁으로 달려가서 한바탕 앙앙거리고 짖는다. 소는 그게 싫어서 머리를 내어 두르고 발을 구른다. 그러면 강아지는 더욱 신이 나서 앞으로 뒤로 배 밑으로 뱅뱅 돌며 짖기도 하고 무는 시늉도 한다. 그래도 소는 한참 동안 눈을 껌벅거리며 참는다. 하지만 소가 가만히 참고 있어서는 강아지에게 아무 재미가 없다. 강아지는 모든 수단을 동원해서 소가 화를 내도록 만든다. 그래서 더 크게 짖고, 더 빨리 뛰어 돌아가다가, 마침내는 고삐를 물어 낚아챈 후 꼬랑지를 물고 늘어진다. 그러면 소는 잔뜩 골이 나서 꼬리를 두르고, 발을 구르며, 머리로 받는 동작을 취한다.

하지만 강아지는 소보다 더 영리하다. 좁은 외양간에서 소가 몸을 자유롭게 쓸 수 없다는 사실을 알고 있으며, 아무리 받는다고 한들, 제가 더 민첩해서 얼른 피할 수 있음을 잘 알고 있기 때문이다. 그러나 하루에도 몇 번씩 이런 일이 반복되다 보면 강아지가 발이나 꼬랑지를 소의 발에 밟히는 일도 있으며, 고삐에 매달렸다가 소의 이마에 받치는 경우도 더러 있다. 그때는 강아지 역시 우는소리를 한다. 그러면 소는 갑자기 강아지가 가여운지 얼른 발을 들어 주고, 킁킁거리며 강아지의 냄새를 맡아준다.

그것을 보면 꼭 이렇게 말하는 것 같다.

'너를 죽이려고 그런 게 아니야.'

이렇게 한번 되게 혼이 나면 강아지는 외양간에서 뛰어나와서 소와 마주 보는 위치에 쭈그리고 앉아 물끄러미 소를 바라본다. 그러나 밟히거나 받혀서 아픈 것이 나을 만하면 또다시 장난을 하기 시작한다.

내가 소를 끌고 나가면 강아지도 따라온다. 또 소에게 풀을 뜯기면 고삐에 매달리거나 꼬랑지를 물고 늘어진다. 그중에도 소가 가장 화를 내는 일은 풀을 뜯고 있는 주둥이를 슬쩍슬쩍 스치며 왔다 갔다는 하는 것이다. 소는 이것도 몇 번은 참고 여전히 풀을 뜯지만 강아지가 너무 성가시게 굴면 그만 눈이 뒤집히는 모양인지, 결국 흥 소리를 내며 강아지를 받고야 만다. 그러면 강아지는 재빨리 몸을 피하면서 뒤로 돌아가서 소꼬리를 문 채 네 발로 버틴다.

'흥, 내가 너 따위한테 받힐 줄 알고.'

그때마다 소는 한번 한숨을 쉬고는 또다시 풀을 뜯는다. 그 모습이 마치 좁은 외양간에서 만나자며 벼르는 것 같다.

우리 소와 강아지는 이렇게 벌써 석 달이나 함께 살았다. 그리 좋은 사이는 아니지만, 피차간에 정이 든 모양이다. 다만, 한 가지 걱정되는 것은 강아지는 유머를 알지만, 소는 그것을 모른다는 것이다.

셰퍼드와 포인터의 혼혈인가 싶은 우리 강아지가 황소를 놀림감으로 보는 것은 어쩌면 당연한 일이었다.

오요는 젖을 뗀 지 며칠 지나지 않아 우리 집에 왔다. 그리고 그때부터 똥오줌을 잘 가릴 줄 알아, 항상 울타리 밖으로 나가서 똥오줌을 해결했다. 그런데 소는 벌써 여섯 살이나 먹은 어른이건만, 항상 선 자리에서 오줌을 누고 똥을 싸서 자리를 어지럽힌다. 그뿐만 아니라 그 위에 그대로 드러누워 커다란 볼기짝과 몸뚱이가 항상 똥투성이다. 코를 꿰어서 고삐에 매우고, 외양간에 갇힌 몸이니, 뒤를 보러 울타리 밖에까지는 나가지 못하더라도 구석으로 꽁무니를 돌려낼 수는 있을 텐데, 그런 노력을 전혀 하려고 하지 않는다. 그러니 다섯 달 된 우리 강아지가 소를 못난이라고 업신여기고 놀리는 것을 두고 뭐라 할 수도 없는 노릇이다.

하지만 소의 편에서 보면 강아지란 하잘것없는 미물에 불과하다. 그러니 그것이 제 앞에 버릇없는 행동을 하는 것 역시 괘씸하기 짝이 없는 일이다. 기운으로 보든지, 용기로 보든지, 소는 능히 호랑이와 싸워서 이기는 맹수다. 불행히 땅 껍데기의 변동으로 인해 독립된 생활을 하지 못하고 사람 집에 붙어서 사는 신세가 되었지만, 포로가 된 영웅일지언정 항복한 노예는 아니란 말이다. 코뚜레를 꿰인 것이 이를 증명한다. 천하의 소치고 코를 꿰이지 않고 사람의 비위를 맞추는 경우는 없는 것이다.

이러한 소의 기개로 보건대, 주인을 보고 꼬리를 치고 멀쩡한 어금니를 두고도 사람의 손발을 곱게 핥는 강아지를 볼 때는 아니꼬움을 금치 못할 것이다.

소는 죽도록 일해서 사람을 벌어먹일 뿐만 아니라 죽어서도 피와 살을 사람에게 준다. 그러나 사람에게 항복해 귀여움을 받는다는 개는 어떤가. 결국 개 역시 올가미를 쓰고 혀를 떼어 물지 않는가.

소를 가라켜 순하다고 하고, 어리석다고 하며, 말을 안 듣는다고 한다. 순하다는 것은 단념하고 참기 때문이다. 또 어리석은 것은 지혜를 쓸 곳이 없기 때문이다.

사실 '이랴', '어려러' 같은 사람의 말을 알아듣는 것만 해도 소에게는 수치다. 훼절(毁節, 절개나 지조를 깨뜨림)인 것이다. 그러나 그것은 최소한의 양보라고나 할까. 강아지처럼 주인의 집지기가 되고 노리개가 되는 그런 영리함은 소의 겨레가 취하지 않는 바다. 강아지는 미친 뒤에야 비로소 조상 시절의 자유와 위신과 용기를 발휘하지만, 소는 영원히 포로의 생활을 달게 받을 것이다. 그러니 오줌을 어디서 싸거나 똥 위에 주저앉거나 그런 것을 염두에 둘 바 아니다.

'개는 제 주인을 알아도, 소는 몰라본다고? 흥!'

이 말에 소는 코웃음을 칠 것이다. 일찍이 어느 사람에게고 충성을 맹세한 적이 없기 때문이다. 그러므로 사람이 호의를 보일 때도 굽실거리지 않고, 동시에 십 년 묵은 주인이라도 잘못하면 받아넘길 자유를 갖고 있다.

소는 불평가다. 특히 여름이면 더욱더 그렇다. 일은 고되고, 목은 멍에에 터지며, 등은 채찍에 붓기 일쑤다. 적이 한가하게 되어 개울가 풀밭 위에 누워 쉴 만하면 물것이 덤빈다. 생물치고 물지 않는 것이 없지만 아마 물것 단련을 가장 많이 하는 것이 소일 것이다. 적어도 사람의 눈에는 그렇게 보인다. 낮에는 등에(등엣과 곤충)와 파리에게 물어뜯기고, 밤이면 모기에게 물어뜯긴다. 여름날 소의 몸을 보라. 온통 두드러기 천지로, 이는 모두 물것에게 피를 빨린 자국이다. 또 사람으로 치면 이나 벼룩 같은 것이 털 하나에 하나씩 들어 박혀서 가렵게 한다. 그가 그것을 막는 방법이라고는 꼬리와 목을 둘러서 몸에 붙은 것을 쫓는 것뿐이다. 그래도 가려우면 혀로 그곳을 핥는 것이 고작이다. 쫓으면 다시 오는 것을 다 쫓으려면 머리와 꼬리를 비행기 프로펠러 모양으로 눈에 보이지 않게 내어 둘러야 할 것이다. 하지만 이는 불가능한 일이니, 운명으로 돌리고 꾹 참을 수밖에 없다. 그래서 눈에 수십 마리, 몸에 수백 마리 큰놈, 작은놈, 중간 놈, 파리가 붙어도 한숨만 내쉬며 새김질을 할 뿐이다.

'그래, 마음껏 뜯고 빨아라.'

호랑이나 사자라도 받아넘길 뿔과 기운이 있건만, 뿔과 발에도 걸리지 않는 파리떼와 모기떼를 어찌할 도리가 없다. 그래서 입정한 스님처럼 고개를 들어 멀리 지평선에 피어오르는 저녁 구름을 바라볼 뿐이다. 코뚜레와 파리, 모기, 등에가 없고, 부드러운 풀이 많은 개울가를 가진 극락을 원하면서. 하지만 소의 적들은 원한의 빚을 받아내고야 말겠다는 듯 찐득찐득하게 덤벼들고 파고든다. 마치 그에게 극락의 꿈을 한순간도 허락하지 않겠다는 듯이.

밤이 될수록 이는 더욱 심해진다. 아프고 가렵게 하는 주둥이를 살에다 쏙쏙 박기 때문이다. 그러면 참다참다 못해 벌떡 일어나 네 굽으로 땅을 차서 흙바람을 구름같이 일으키곤 한다. 그러고는 '땅아, 부서져라! 하늘아, 무너져라!'라며, 눈을 부릅뜬 채 미친 듯이 몸을 들었다 놓는다. 거기에는 무서운 분노와 저주가 있다. 그러나 천지는 그가 반항하기에는 너무나 크다. 이에 다시 마음을 가라앉혀 땅에서 돋는 풀을 뜯고, 인과의 사슬이 한마디 한마디 넘어가기를 기다릴 수밖에 없다.

그렇다고 소에게 부드러운 감정이 전혀 없는 것은 아니다. 병아리가 누운 등 위로 걸어 다닐 때, 소는 겁을 줘서 쫓지 않는다. 어린아이가 제 고삐를 끌고 갈 때 역시 버티고 서지 않는다. 또 암소를 볼 때 일어나는 애정은 말할 것도 없거니와 아직 굴레(말이나 소를 부리기 위해 머리와 목에서 고삐에 걸쳐 얽어매는 줄)도 쓰지 않은 송아지가 '음매'하고 부를 때 역시 마찬가지다.

하지만 그 감정을 쏟을 곳도, 이용할 시간도 없다. 까마득한 옛날, 엄마의 젖에서 떨어져 소 장수의 손에 들어가면서부터 고독한 생활을 이어왔기 때문이다. 외양간에 누웠거나, 들에 나가서 풀을 뜯거나, 언제나 혼자였다. 그러므로 만일 우레와 번개가 치고, 폭풍우가 날치는 날, 소가 개울가에 고개를 번쩍 들고 혼자 누워 있는 것을 본다면, 그것이 그의 평생을 상징하는 대표적인 모습이라고 생각해도 좋을 것이다.

그는 수도자다. 그는 참는 바라밀(波羅蜜, 피안의 경지에 이르고자 하는 보살 수행의 총칭)을 닦고 있다. 어쩌다가 인자한 사람을 만날 때 그는 자비의 설법을 듣는다. 그 설법은 말이 아닌 행동을 통해 나온다. 가려운 데를 긁어 줄 때, 풀이 많은 곳으로 옮겨 매어 줄 때, 땀을 흘리며 꼴 짐을 지고 들어오는 이를 볼 때, 그는 자비의 빛을 보고 몸과 마음이 느긋해진다. 이는 물것 등쌀에 네 굽을 놓아 흙바람을 일으키거나 무지하게 때리고 사정없이 부려먹는 주인을 받아넘길 때의 세계와는 전혀 다른 세계다.

암소에게는 새끼를 떼는 슬픔이 있지만, 황소에게는 그런 것이 없다. 이에 새끼에게 젖을 빨리거나 몸을 핥아주는 즐거움은 없다.

한여름 일이 끝나면 가난한 주인은 대개 소를 팔아버린다. 그 결과, 육칠월이면 소 값이 뚝 떨어진다.

짚으로 꼰 굴레에 허름한 고삐를 갈아 매면 소는 제가 집을 떠나는 줄 안다. 이때 남자 주인이 돈만 생각하는 반면, 여주인과 아이들은 정이 든 소를 떠나보내는 것을 매우 섭섭하게 생각한다. 그럴 때면 또 한번 인정이라는 것을 느껴서 마음이 느긋해진다. 하지만 다시 돌아볼 만큼 잊히지 않는 편안한 외양간이 그렇게 많을 리 없다. 그래서 주인이 끄는 대로 끌리고, 모는 대로 몰려서 장으로 향한다. 어떤 집, 어떤 사람의 손에 넘어가는고? 뚱뚱한 정육점 주인의 손에 팔려 간다면 앞날이 며칠 남지 않은 것이요, 농가로 간다면 김장밭, 보리밭을 갈기 시작할 날이 또 며칠 안 남았음을 의미한다.

'어딘들 가면 대수냐.'

팔려가는 소는 앞 고개를 넘어간다. 이 동네에 들어오던 때와 다른 것이 있다면 나이를 한 살 더 먹은 것뿐이다. 맨몸으로 왔다가 맨몸으로 나간다. 아마 다시 이 동네나 이 주인의 손에 돌아올 기약은 없을 것이다.

쌍둥이 할아버지는 언제나 일터에 나갈 때면 테 없는 헌 밀짚모자를 쓴다. 비가 오나, 볕이 나나 늘 그 모자다. 생긴 모양을 보건대, 전쟁 전에 만들어진 것이 분명하다. 그래서 먼 곳에서도 그를 쉽게 알아볼 수 있다.

그는 수염이 노란 반면, 피부는 까맣다. 또 술을 좋아하지만 결코 주정하는 법이 없다. 자수성가해서 올해도 논과 밭을 샀지만, 이웃 사이에서는 인색하고 우유부단하다는 평을 듣고 있다.

박 생원은 일하러 다닐 때 테 없는 중절모를 눌러 쓴다. 이른 봄부터 늦은 가을까지 항상 똑같은 차림이다. 뙤약볕에서 일할 때도 그의 머리에는 이 테 없는 중절모가 씌어 있다. 아마 여름에 쓰려고 겨울 동안에는 이 모자를 고이 모셔두는 듯했다.

그는 술은 입에도 대지 않지만, 담배는 매우 좋아한다. 특이한 점은 땔

나무를 할 때 푸른 가지는 건드리지 않는다는 것이다. 그래서인지 이웃 사이에서 착한 노인으로 소문이 나 있다. 마치 가난해지고 싶어서 가난한 사람처럼 도무지 욕심이 없다. 그렇다고 해서 근심이 많은 것도 아니다. 근심 역시 없다. 언제나 벙글벙글 웃는 낯이다.

"그렇게 착한 사람이 왜 못 살까?"

사람들은 박 생원의 형편을 애석해 하는 한편, '착한 사람에게 복이 온다'는 성인의 가르침을 의심하는 근거로 그를 꼽는 걸 주저하지 않는다. '못 산다'는 것은 '잘 산다'의 반대로 가난하다는 말이기 때문이다.

'재봉이'는 서양 여자의 겨울 모자 같은 모자를 쓰고 다닌다. 그는 아직 서른이 채 안 된 청년이다. 떡 벌어진 어깨에, 제 손으로 직접 만들었다는 지게를 지고, 한쪽 손에 작대기를 비스듬히 끼고 벙글벙글 웃는 것이 과히 청춘의 상징인 힘의 화신이라고 부를 만하다. 그러고 보면 머리에 얹은 서양 부인의 모자 역시 용사의 투구처럼 퍽 어울린다.

그는 무슨 일이나 다 잘하며, 세 사람 몫은 충분히 해낸다. 자갈을 채 판에 퍼 담는 일을 할 때는 아무리 힘이 센 사람도 삼백 원을 벌면 많이 번다는데, 그는 오백 원을 벌고도 석양에 목청 좋은 소리를 길게 뽑았다. 그때부터 어디서 목청 좋은 소리가 들리거든 보지도 말고, 묻지도 말고 재봉인 줄 알라는 말이 나돌기 시작했다.

그에게는 아내와 딸이 있다. 옹솥(작고 오목한 솥) 하나, 사발 둘, 숟가락 두 개로 세간을 난 그는 삼 년만인 올해 땅 오백 평을 샀다. 하지만 그에게는 많이 부족한 모양이다. 이런 소리를 하면서 웃는 걸 보면 말이다.

"작년에 병으로 수술만 안 했어도 밭 천 평은 샀을 텐데."

임 생원은 무릎이 나간 양복바지를 입고 소고삐를 끈다. 그는 오늘도 파나마(여름 모자의 하나로 연한 갈색을 띤다)를 쓰고, 비를 맞으며, 소에게 풀을 뜯겼다.

그는 발만 벗고, 비만 맞으면, 누구나 농부가 되는 줄 안다. 이에 도시에서 쫓겨나 생전 해본 적 없는 농사를 짓기 위해 망계(妄計, 분수없는 그릇된 꾀와 방법)를 내기도 했다. 하지만 소에게 하는 말도 아직 배우지 못했다.

"앗! 아, 안돼!"

그래서 이 모양으로 사람 말을 하며 소고삐에 매달리곤 한다. 그러면 소는 한 입 물어뜯은 콩잎을 물고 모가지를 길게 뺀 채 턱을 치켜든다. 아마 '소가 웃는다.'는 것은 이를 두고 하는 말인 듯하다.

마치 소가 그에게 "너나 나나 참 딱한 신세다"라고 하는 것만 같다.

하루는 덕관이 할아버지라는 노인이 흙 묻은 점퍼를 무릎까지 걷어 올린 채 나를 찾아왔다. 모자를 쓰는 대신 짧게 깎은 머리가 덥수룩하게 자라나 마치 어린아이 같았다. 인사를 하고 보니, 그가 바로 우리 논에 봇물을 대고 돌아서면 제 논으로 물꼬를 바꾸던 그 늙은이였다. 때마침 그의 논에는 어젯밤 밤새도록 물을 대고 난 뒤였다.

"내 논에 먼저 대고, 다음에 당신 논에 대면 서로 좋을 것 아니요?"

물을 따돌리는 것을 내가 가만두지 않았다고 승강이를 하러 온 것이었다. 노인이 완장을 차고 마루 끝에 올라앉아서 따지는 품이 매우 불온했다.

"뭐, 지난 일이야 별수 있소? 내년부터는 먼저 실컷 물을 대신 뒤에 내 논에 돌려주시구려."

나는 이렇게 말하고 말았다. 시비를 따져봐야 쓸모없을 것이란 생각이 들었기 때문이다.

그 말에 노인은 입을 딱 벌리고 한참이나 멍하니 앉아 있었다. 내 입에서 나온 말이 하도 의외여서 믿기지 않는 모양이었다. 그래서 나는 똑같은 말을 다시 한번 되풀이했다.

노인은 그제야 알아들었다는 듯 벌떡 일어났다. 그리고 나를 끌다시피 하며 이렇게 말했다.

"우리 함께 갑시다. 내가 술 한 잔 꼭 대접해야겠소. 만나보니, 좋은 양반이로구먼. 자, 갑시다."

이에 이 동네에 온 후 처음으로 술집에 가서 노인으로부터 막걸리 대접을 받았다.

그는 거나해져서 신세타령까지 했다. 아들 하나는 서울 어느 회사에 고원(雇員, 회사나 관청에서 사무를 돕기 위해 두는 임시 직원)으로 있으며, 손자는 좌익 투사라고 했다. 그러니 자신은 사무한신(事無閑身, 별로 일이 없는 한가한 사람)으로 술이나 먹고 다니면 그만이라고 했다. 하지만 이 늙은이가 노는 때는 결코 없었다. 시간이 날 때마다 가래질(가래로 흙을 파헤치거나 옮기는 일)도 하고, 끊임없이 일을 했다. 특히 가물 때 물싸움에 있어서는 누구에게도 지지 않는 맹장이었다.

"논 이웃도 이웃이니, 우리 사이좋게 지냅시다."

자리에서 막 일어서려는 나를 향해 그가 말했다.

'평화는 내가 지는 데서 온다.'

나는 집으로 돌아오는 길에 이렇게 생각하며 웃고 말았다.

'그래, 지고 살자.'

이것이야말로 훌륭한 인생관 아니고 뭐겠는가. 아내가 들으면 또 못난 소리 한다며 펄쩍 뛰겠지만.

정해 칠월 십칠일, 사릉(思陵)에서

-1947년

뻐꾸기와 그 애

_이광수

──어느 처녀의 가엾은 죽음

오늘 새벽—새벽이라기보다는 이른 아침에 홀로 명상에 잠겨 있을 때였다. 참새와 멧새의 예쁜 소리와 함께 비둘기가 구슬프게 우는 소리가 들렸다.

어제 내린 봄비에 그렇게도 안 간다고 앙탈을 부리던 추위 역시 가버렸다. 그래서인지 오늘 아침에는 자욱하게 낀 봄 안개며, 감나무 가지에 조롱조롱 구슬같이 매달린 물방울, 겨우내 잠잠하다가 목이 터진 앞 개울물 소리 역시 여느 때와 다르다. 여전히 춥기는 하지만 비로소 봄맛이 났다.

불현듯 봄기운 어디선가 끊일락 말락 비둘기 소리가 들려온다. 올해 들어 처음 듣는 비둘기 소리다. 하지만 마음이 슬프기 때문일까. 오늘따라 비둘기 소리가 유난히 슬픔을 자아낸다. 사실 그 애(작년에 죽은 조카딸)가 듣고 슬퍼하던 것은 뻐꾸기 소리지 비둘기 소리가 아니었다. 그러나 뻐꾸기가 울려면 아직도 한 달은 더 있어야 한다.

"뻐꾸기 소리가 너무 슬퍼요. 만일 나도 죽으면 뻐꾸기가 되어 이 산 저 산 옮겨 다니며 슬피 울어나 볼까요?"

아이는 바짝 여윈 낯에 시무룩한 표정으로 이렇게 말하곤 했다.

그래서인지 비둘기 소리만 들어도 그 애 생각이 난다. 하물며 뻐꾸기 소리가 들리면 얼마나 더 그 애 생각이 날까.

사과 꽃이 피고, 감나무 잎이 파릇파릇해지면 겹옷(솜을 두지 않고 거죽과 안을 맞붙여 지은 옷)이 부담스러워진다. 그렇다고 홑옷(한 겹으로 지은 옷)을 입기에는 아직 이르다.

오월의 어느 날 아침, 그날따라 창밖에서 뻐꾸기가 유난히 울어대 단잠에서 깨고 말았다.

"아, 뻐꾸기가 우네. 그 애가 또 얼마나 슬퍼할까?"

그러면서 나는 눈물이 고이고 있음을 깨달았다. 그렇게도 마음이 착했던 아이, 이 년 동안이나 긴 병을 앓으면서도 짜증 한번 내지 않았던 아이, 제 아버지가 화를 내면 못 들은 척 가만히 있고, 어머니가 화를 내면,

"어머니도 참, 뭘 그런 걸로 화를 내세요? 다 내 운명이죠, 뭐. 그 사람 탓을 해서 뭐해요?"

라며, 양미간을 살짝 찌푸릴 뿐 착하기 그지없던 아이, 그렇게 열이 오르내리고 몸이 괴로워도, 내가 제 방에 들어갈 때면 빙그레 웃어주던 아이, 전문학교까지 다녔음에도 어느 남자와 마주 서서 말조차 해본 적이 없던 아이…….

그 애를 그렇게 지독한 모욕과 실연의 아픔을 맛보게 한 책임은 바로 내게 있었다. 하지만 그 애는 나를 원망하기는커녕, 제 부모가 나를 원망이라도 하면 이렇게 말하곤 했다.

"아저씨가 다 나 잘되라고 그런 것이지 설마 못 되라고 그랬겠어요? 그리고 아저씨인들 얼마나 마음이 아프겠어요?"

그렇게 착한 아이였다. 하지만 지금 그 애는 자리에 누워 죽을 날만을 기다리고 있었다.

뻐꾸기의 애끓는 소리를 듣고 있으려니 더는 견딜 수 없었다. 이에 세수도 하지 않은 채 그 길로 가마골 숲 사이에 있는 그 애의 집을 찾았다. 그 아이가 뻐꾸기 소리를 듣고 오늘은 또 얼마나 슬퍼할지 생각하니 가슴이 저려왔기 때문이다.

하지만, 아아! 방에 들어가 보니, 아이는 벌써 다시 깨지 못할 잠이 들고 말았다. 해쓱한 얼굴에는 편안하게 잠든 어린애와 같은 평화가 묻어나고 있었다.

손도, 이마도 싸늘하게 식고, 발랑발랑(걸쭉한 액체가 자꾸 작은 방울을 튀기며 끓는 소리 또는 그 모양)하던 가슴은 고요하기 그지없었다.

스물네 살의 짧은 인생. 꽃으로 치면 활짝 피어 보지도 못한 채 방싯(소리 없이 살짝 열리는 모양) 봉오리가 열리다가 하룻밤 된서리에 시들어 버리고만 가엾은 인생이었다.

이제는 그렇게 슬퍼하던 뻐꾸기 소리도 들을 수 없게 되었다. 그 곁에서 얼이 빠진 채 울지도 못하는 제 엄마와 아비의 슬픔 역시 알 수 없으리

라. 남은 것이라곤 오직 고요한 적멸뿐이다.

어린 가슴에 박힌 독한 칼자국의 쓰라림도 이제는 없다. 그의 생명을 씹던 모든 균, 배신당한 사랑의 아픔, 미워해야 할 사람이건만 미워하지 못하는 순정, 백년가약을 굳게 언약하고 맹세했던 사람이 다른 여자의 남편이 되었어도 그를 단념하지 못하던 애끓음……. 이것도 이제는 지나간 한바탕 꿈에 불과했다.

아아, 어디서 왔다가, 어디로 가는고? 구름같이 나타났다가, 구름같이 스러지는 인생!

아이 아버지에 의하면, 아이는 죽을 때까지 제 아버지를 걱정했다고 한다.

"새벽 네 시나 되었을까. '아버지 피곤하실 테니, 어서 가서 주무세요. 저도 몸이 괜찮아져서 오늘은 푹 잘 수 있을 것 같아요. 아버지 주무시는 것 보고 나서 나도 잘 테니, 어서 가서 주무세요.'라고 하기에, 한 시간쯤 누웠다가 일어나보니, 아까 그 모양 그대로 누워서 꼼짝도 하지 않는구려."

그러면서 한마디를 덧붙였다.

"나는 정말 자는 줄만 알았다오."

과연 자는 것이었다.

의사가 일주일을 채 견디지 못하리라는 선고를 내린 후 먹고 싶어 하는 것이나 실컷 먹이고, 고통이나 없이 해달라고 해서 마춰제 처방을 받은 것이 바로 칠팔일 전이었다. 그래도 설마 하는 것이 골육(骨肉, 조부모, 부모, 형제 등과 같이 혈족 관계가 있는 사람)의 정이었다.

사오일 전쯤 얼굴을 보러왔을 때였다. 나를 볼 때마다 빙그레 웃던 표정이 얼굴에서 사라지고 없었다.

"오늘은 왜 웃지 않니?"

"아저씨가 들어오시기 전에 웃었는데, 몸이 너무 부어서 웃는 것이 안 좋아 보일까 봐요."

그러면서 웃으려고 했지만, 근육이 제 마음대로 움직이지 않는 모양이었다.

"그래 웃어라, 응?"

나는 슬픔을 참노라 입술을 깨물었다.

그 애가 간 줄도 모르고 뻐꾸기는 여전히 울었다.

우리는 뻐꾸기 소리를 들으며 그 애를 염습(殮襲, 죽은 이의 몸을 씻긴 뒤에 수의를 입히고 염포로 묶는 일)하고, 관에 넣고, 상여에 담았다. 그리고 뻐꾸기 소리를 들으며 홍제원 화장터로 가서 아이의 시신을 쇠가마에 넣었다.

한 시간 반이 지난 후 나는 아이의 아버지와 또 한 사람과 함께 아이의 유골을 찾으러 갔다. 쇠 삼태기에 그 애의 명패가 서고, 재 한 줌과 타다 남은 하얀 뼈 두어 조각, 옥같이 맑고 투명한 뼈 두어 조각. 그것이 아이의 전부였다. 또한, 그것이 그 애의 깨끗하고 착한 일생을 말해주고 있었다.

남아 있던 뼈 두어 조각을 마저 부스러뜨리니, 그야말로 남는 것이라고는 재 한 줌이라기보다 먼지 한 줌에 가까웠다. 이것이 바로 며칠 전까지도 나를 보며 웃어주던 그 아이였다.

며칠 전, 아이는 불쑥 내게 이런 말을 했다.

"아이, 뻐꾸기가 또 우네. 많고 많은 산 다 놔두고 왜 하필 여기 와서 울까? 나도 죽거든 뻐꾸기가 되어 이 산 저 산 돌아다니면서 울어나 볼까? 아저씨, 이번에 만일 살아난다면 스님이 되고 싶어요. 그래서 절에 가만히 앉아서 목탁이나 치고 염불이나 할래요."

과연 아이의 말을 믿어야 할까.

혹시 금시(今時, 바로 지금)에 어디에서 그 애가,

"아저씨, 나 여기 있어요."

라며, 웃으면서 다시 나타나지는 않을까.

나는 작년에 여덟 살 된 아들 봉아(鳳兒)를 잃고 한 달이 지날 즈음, 다시 사랑하는 조카딸을 잃고 말았다.

슬픔 위에 덧쌓이는 슬픔이여! 그러나 사람이란 누구나 다 한 번은 죽는 것을, 누구나 다 한 번은 죽는 것을.

오늘 아침 내가 들은 비둘기 소리를 그 애의 아버지와 어머니가 들으면 얼마나 슬퍼할까. 그러니 내가 비록 그 애를 생각하며 슬퍼한들, 어찌 낳고 기른 부모에 비길 수 있겠는가.

오늘 비둘기가 울었으니 얼마 후면 뻐꾸기도 울 것이다. 하지만 그 뻐꾸기 소리를 차마 어찌 들을꼬. 비록 제 부모만은 못하더라도 나 역시 그 애의 기억을 소중하게 가슴 속에 품고 있는 것을.

그렇게도 착하고, 그렇게도 깨끗하던 아이. 생각건대, 살아 있는 동안 그 아이를 평생 잊지 못할 것이다.

아아, 또 비둘기가 운다.

-1936년 5월 〈사해공론〉

벗은발로호미들고오늘도들에나와

풀캐는새색시의머리에쓴하―얀수건

바람에나풀거리며제혼자흥얼거리니

쓰린세상눈물이랴,임그리는설움이랴

풀캐며흥얼거리다머언길보고한숨쉬니

작별한그대임이이봄따라오려나

길에선나그네의걷는걸음더디뵈니

아마도뉘그리는임은이봄에도안오려나보다.

_김현구, 〈풀 캐는 색시〉 중에서

여름과 맨발

_**현진건**

여름처럼 자연과 친하기 쉬운 시절은 없으리라. 풀도 한껏 푸르고, 나무도 한껏 우거진 데다, 풀밭 위를 맨발로 시름없이 돌아다니는 맛이란 어떤 말로도 형용할 수 없다.

문득, 어린 시절의 일이 떠오른다.

열두 살이었던가, 열세 살이었던가. 내가 사는 곳에서 한 십 리 정도 되는 '앞산'이란 곳에 놀러 간 적이 있다.

해가 뉘엿뉘엿 서산으로 넘어가 장엄하고도 힘없는 광선이 불그스름하게 나뭇가지에 걸렸을 무렵, 나는 고목 등걸에 앉아 있었다. 앞을 바라보니, 귀여운 아가씨 두어 명이 나물을 캐고 있는 모습이 보였다. 어린 새가 이제 막 날기를 배우는 것처럼 잠깐 걸었다가 주저앉고 다시 일어섰다가 주저앉는 모습이 눈에 띄었다. 이상한 것은 아가씨들이 모두 맨발이라는 것이었다.

발은 유순하고 폭신폭신한 파란 풀 속에 잠겼다가 이내 다시 떠올랐다. 놀라운 것은 발이 하얗기가 마치 흰 눈과도 같았다는 것이다. 또 미끄러지듯 풀 위로 나타났다 곧 숨는 것이 마치 물속에서 노는 은어(銀魚)와도 같았다. 나는 모든 것을 잊은 채 그 발에만 눈을 주었다.

10여 년이 지난 지금도 내 기억 속에는 그 모습이 강렬하게 남아 있다. ─ 미끄러지듯 풀 위로 나타났다 숨는 그 예쁜 발.

그때도 여름이었다. 그때부터 나는 여름만 되면, 맨발이 떠오른다. 그리고 어떻게 형용할 수 없는 안타까운 마음으로 그때 그 아가씨들의 현재와 미래를 생각하곤 한다.

과연, 그 아가씨들은 지금 어디에서 뭘 하고 있을까.

-1936년 5월 〈사해공론〉